Throwe the Keekin-Gless an Fit Ailice Funn There

Throwe the Keekin-Gless an Fit Ailice Found There

by Lewis Carroll

PICTURES BY
JOHN TENNIEL

OWERSET INTAE NOR-AEST SCOTS BY
DERRICK McCLURE

evertype

2021

Furthpitten by/*Published by* Evertype, 19ᴀ Corso Street, Dundee, DD2 1DR, Scotland. *www.evertype.com*.

Oreiginal title/*Original title*: *Through the Looking-Glass and What Alice Found There.*.

A catalogue record for iss byeuk can be gotten fae the Breitish Byeukbeild.
A catalogue record for this book is available from the British Library.

ISBN-10 1-78201-255-9
ISBN-13 978-1-78201-255-9

Typeset in De Vinne Text, Mona Lisa, ENGRAVERS' ROMAN, and *Liberty* by Michael Everson.

Picturs/*Illustrations*: John Tenniel, 1871.
Pictur on page 150/*Illustration on page 150*: Ken Leeder, 1977.

Batter/*Cover*: Michael Everson.

Foreword

For a general introduction to the literary and cultural background of the present translation, and to the North-East Scots dialect itself, see the introduction to my translation of Carroll's previous book, *Ailce's Anters in Ferlielann*. As there, I have used a conservative form of the dialect, checking the words and pronunciations against classic literary texts (and this time also against the earlier translation, to ensure consistency). As there too, I have endeavoured to find a specific equivalent for every joke, pun, allusion and other trick of style in the original. The metrical and rhyme patterns of the poems are maintained: as always in poetic translations of any kind, this procedure necessitates some departures from the original wording; and in one instance, namely the sequence of *thirteen* rhymes on "toe" in the closing section of the White Knight's song, I have assumed the licence to treat Carroll's lines with complete freedom. Puns and other forms of word-play appear at corresponding places to those in the source book: this too necessarily entails departure from the original wording, as in the Midgie's (Carroll's Gnat's) "Somethin about a haverin aiver, ye ken" to replace "Something about 'horse' and 'hoarse', you know". Culture-bound allusions are replaced with ones more readily associated with the expected new readership (his Anglo-Saxon messengers with their Anglo-Saxon attitudes becoming Pictish messengers with Pictish poseitions); and a clearly-differentiated speech-form, namely the Clydeside basilect, is again used for characters whose dialogue in the original suggests non-standard English (the Frog in Chapter IX and the Wasp in the "lost" episode).

Those issues were all encountered in translating the earlier book; but *Through the Looking-Glass* also presents any translator with a dilemma unique to itself: the nonsense words in *Jabberwocky*. Surprisingly enough, Scots literature provides something which might fancifully be seen as a precedent of sorts: the novel (if that is what it is) *Carotid Cornucopius* by Sydney Goodsir Smith. A couple of lines will give the flavour of this very peculiar book:

> This skite was a nobbleman and harristocrap, as ye'll can see by the cannasatisfyarobberearl nummer of his apandozes lokaleasated on baith sods of the frowntear Riever Twaed, baith in Scotland and in the sadjoycent kungkdoom of Wangleland.

Smith's model, needless to say, is not Carroll but Joyce: nonetheless, his flamboyant experimentation in producing new lexical concoctions which in *some* cases are visibly derived from existing words and in *most* cases conform to the familiar patterns of Scots phonology demonstrates beyond cavil that a Scots Jabberwock is possible. As in the original, some words are explained later in the book; but as Carroll left most of his invented words as puzzles for the reader to solve, I have simply followed his example.

As with *Ailice's Anters in Ferlielann, Throwe the Keekin-Gless an Fit Ailice Funn There* is offered as a tribute both to the original author and to the translator's chosen medium and the literary tradition couched in it.

Derrick McClure

Aberdeen, December 2020

Throwe the Keekin-Gless an Fit Ailice Funn There

Inhaadins

Fite Pawn (Ailice) tae play, an win in eleyven meeves.

REID

FITE

1. Ailice d2 meets Reid Queen
2. Ailice d2–d3 (*by the train*)
   d3–d4 (*Deedledum an Deedledee*)
3. Ailice d4 meets Fite Queen (*wi fyaakie*)
4. Ailice d4–d5 (*choppie, river, choppie*)

5. Ailice d5–d6 (*Humphy Dumphy*)

6. Ailice d6–d7 (*wuidin*)
7. Fite Knicht f5 x e7 taks Reid Knicht
8. Ailice d7–d8 (*crounin*)
9. Ailice becomes Queen
10. Ailice d8 castles (*feast*)
11. Ailice taks Reid Queen & wins

1. Reid Queen e2–h5
2. Fite Queen c1–c4 (*efter fyaakie*)

3. Fite Queen c4–c5 (*becomes yowe*)

4. Fite Queen c4–f8 (*leas eggie on skelf*)

5. Fite Queen f8–c8 (*fleein fae Reid Knicht*)

6. Reid Knicht g8–e7+ (*check*)
7. Fite Knicht e7–f5

8. Reid Queen h5–e8 (*examination*)
9. Queens castle
10. Fite Queen c8–a6 (*bree*)

Sen the chess-kincher gien on the lest page hes bambaizit a curnie o my readers, it wad aiblins beseem me tae expleit at the warkin o't is richt an true as it affeirs tae the *meeves*. The Reid an the Fite dinna acwally tak the chunces each at they mith hae teen, an the "castlin" o the three Queens is jist a wye o sayin at they gaed intil the palace, but the "check" o the Fite Keing at meeve 6, the cleikin o the Reid Knicht at meeve 7, an the "checkmate" o the Reid Keing at the hinner eyn wull kythe tae onybody at turns his thoum tae settin out the pieces an makin the meeves as they are vrutten doun here tae be stricklie conform tae the laas o the gemm.

[A peerie-wee screid follas anent the pronunciation o the neowe wirds in the oreiginal "Jabberwocky", nae nott for iss owersettin.]

For iss saxty-first thousan, neowe electrotypes hae been teen fae the wid-blunks (the filk, sen naebody iver eesit them tae prent fae, are in as gweed trim as fin they war first indentit in 1871), an the haill byeuk hes been setten up fae the affgang wi neowe type. Gin the artistic wirth o iss gainpittin wints a bittie, in ony parteicularity, o the wirth o the oreiginal, it sanna be for ony wint o tribble teen by the screiver, furthpitter nor prenter.

I tak iss chunce tae lat ken at the *Nursery Ailice*, the price
o the filk wes fower shillin or iss, can nou be coft for the samen
siller as the ordnar shillin pictur-byeuks — foubeit I haad it
for siccar at it eithlie blaiks them aa in ilka parteicularity
(excep the screid itsel, for I canna jidge o aat). Fower shillin
wes a perfitlie raisonable price gin ye tak tent fou hivvie my
oncost wes: foubeit, sen the Commontie hes thraipit "We
winna gie mair nor a shillin for a pictur-byeukie, nae maitter
for ony artistic eeriorums," I'se be contentit tae reckon my
oncost as jist an eendoun tinsall, an raider nor lat the littleens
I vrate it for gyaang wintin't, I'se sell it at a price aamaist the
samen thing, tae me, as giein it awa.

Aal Eel, 1896

It's a fair tyaave makin compare o the spennin an nifferin pouer o siller
in Victorian days an in our ain, but a blad o the wabsteid *victorianweb.org*
says at "roch an richt, ye beed tae multiplie the Victorian punn about 65
tae 70 times tae win til the spennin pouer o the punn o iss days (c. 2000-
2002)." Gin we haud at on 2 July 2001, haafgaits atweesh 1 Janwar
2000 an 31 December 2002, yae punn o 1896 wes the maik o echt-an-
saxty punn o 2001, we get the wirth o ae shillin as £3.40 an ae penny
£0.28. Gin we eese the nifferin-pouer for 2 July 2001 tae rackon the price
in euros an dollars, we can wirk out at ae shillin wad hae the spennin-
pouer o £3.40, €5.67 or $4.82, an at fower shillin wad hae the spennin-
pouer o £13.60, €22.68, or $19.28. Gin we mak tursin, somegaits, for
pluffin an siller-swither til 2 July 2009, aat comes til ae shillin = £3.57,
€4.17 or $5.87, and fower shillin = £14.28, €16.68 or $23.48.

The batter-price setten in 2009 for the byeuk we hae here, the filk
onygaits is nae the cuttit-short Nursery Ailice wad, in the siller o 1896,
be about twa shillin an tenpence. For fitiver it maks…

M.E.

Bairn o the skyre an saikless bree
    An draemin een o winner,
Tho time rins swith, an you an me
    Are haaf a lifetime sinner,
Your loesome smirk maan seerly hail
The lufe-gift o a fairy-tale.

I hinna seen your sinnie face
    Nor hard your laach enchantit;
In your ying myn I'll tyne my place
    Fan bairnheid's days are santit.
It needs but at ye dinna fail
Tae harken, nou, my fairy-tale.

A tale begoud in bygane days,
    Wi simmer's sinshene lowein,
An aefaal rhyme at sair't tae time
    The liltin o our rowein;
An aye its echoes hant my myn,
At invious years wad gar me tyne.

Come aan an hark, or vyce o care
    Wi fraacht o wittins drearie
Sall cry tae dree her fleysome lair
    A lassock dowff an eerie.
My bairn, we're noth but aaler weans,
At bedtime's oncome makin manes.

Outbye, the snyaav an cranreuch breme,
    The blouster fell an ourie,
Inbye, the ingle's reidie leam,
    An bairnheid's seilie bourie.
The cantrip-wirds sall haad ye ticht,
Ye sanna heed the gowstie nicht.

An tho a dwaamie souch, faar hyne,
    Aa throu our tale mith skimmer,
For simmers' glories gane langsyne,
    Thon "blythesome days o simmer"—
It sanna titch wi braith o bale
The plesaunce o our fairy-tale.

CHAPTER I

Keekin-Gless Hous

Ye can be siccar about ae thing: the *fite* kittlin hed naethin adee wi't—the wyte wes the *blaik* kittlin's aa an haill. For the fite kittlin hed been gettin her facie washen fae the aal cat for the lest quarter o an hour (an tholin it weel eneuch, ye mith say): an sae thon een cwidna haen ony pairt in the compluther.

Tibbie's prattick for washin her littleens' facies wes like iss: first she heild the peer wee craiturie doun by the lug wi the ae leefie, an syne wi the tidder leefie she dichtit the facie o't aa ower, the vrang wye, stertin at the neb; an eenou, as I telt ye, she wes tyaavin awaa at the fite kittlin, an the craiturie wes liggin douce an quaet an ettlin tae sing a wee thrum or twa, thinkin nae dout at the haill prattick wes jist meint for its ain gweed.

But the darg hed been deen on the blaik kittlin airer in the efterneen, an sae, file Ailice wes sittin courie't doun in a neuk o the muckle bow-cheir, haaflins claverin tae hersel an haaflins doverin, the kittlin hed been haein a fine gemm o ramples wi the baa o wou at Ailice wes ettlin tae rowe up, an fummlin it up an doun or it wes aa raivel't again; an there it wes, straikit ower the hairth-rug, aa fankles an snorls, wi the kittlin rinnin efter its ain tail in the mids o't.

"Och, ye ill-trickit wee smutchack!" gullert Ailice, cleikin up the kittlin an giein't a wee kissie tae gar't winnerstaan hou it wes shent. "I'm seer Tibbie shid hae lairn't ye better mainners! Aye, ye shid, Tibbie, an fine ye ken ye shid!" she eikit on, wi a repreein-like scunce tae the aal cat, an spickin in as crabbit a vyce as she cwid manage—an syne she spraachl't back intil the bow-cheir, takin the kittlin an the wou wi her, an yokit tae rowein up the baa again. But she didna come muckle speed wi't, for she wes claverin aa the time, files tae the kittlin an files tae hersel. Cheetie wes sittin on her knee rael primsie-like, lattin on tae be tentin fou the rowein-up wes comin on, an nous-an-nans raxin out a leefie an giein the baa a wee tig, as gin it wad be gled tae gie a hann gin it cwid.

"Div ye ken fit day it is the morn, Cheetie?" Ailice begoud. "Ye'd hae jaloused it gin ye'd been up at the winnock wi me, but Tibbie wes reddin ye up, sae ye cwidna. I wes watchin the louns gedderin browls an chirls for the shannack; an it'll need a fair haep o sticks, Cheetie! But it turn't aat caal, an there wes siccan an oncome o snyaav, at they beed tae devaal. Niver heed tho, Cheetie, we'll ging the morn an see the shannack." Here Ailice wappit twa-three snorls o the wou roun the kittlin's haase, jist tae see fit it wad lyeuk like. Iss stertit a wee sprattle, at sent the baa fummlin doun an rowein on the fleer, an yairds an yairds o't gat lowse again.

"Dae ye ken, Cheetie, I wes in siccan a fuff," Ailice heild on finiver they war sattl't nice an codgie again, "fan I saa aa your pratticks, at I wes the weers o aipenin the winnock an pittin ye out intae the snyaav! An it wad hae sairt ye jist richt, ye wee gallus darlin at ye are! Fit hae ye gat tae say for yoursel? Nou dinna interrup!" she gaed on, haadin up ae finger. "I'm gyaan tae tell ye aa your ill-deeins! Nummer een: ye peekit twice fan Tibbie wes waashin your facie iss mornin. Nou, ye canna gie't the na-say, Cheetie, for I hard ye! Fit's aat ye're sayin?" (lattin on at the kittlin wes spickin.) "Her leefie gaed intil your ee? Weel, aat's your ain wyte for haadin your een aipen: gin ye'd steekit thaim ticht it wadna hae happent. Nou dinna gie's ony mair exkeeses, jist harken! Nummer twa, ye ruggit Snaadrap awaa by the tail jist fan I'd pitten doun the sasser o milk forenenst her! Fit? Ye war drouthy, war ye? Fou dae ye ken she wesna drouthy tee? Nou for nummer three: ye lowsit ilkie tait o the wou fan I wesna takin tent!

"Aat's three ill-deeins, Cheetie, an ye hinna hed your fairins for neen o thaim yet. Ye ken, I'm haadin back aa your paiks for a ouk on Wednesday. Supposin they heild back aa *my* paiks!" she gaed on, claverin mair tae hersel nor tae the kittlin. "Fit wad they dee at the eyn o a year? I'd get the jyle, I jalouse, fan the day cam. Or lat's see: Supposin ilkie paikin wes tae wint a denner: syne fan the dreidsome day cam I beed tae wint feyfty denners aa at eence! Weel, aat wadna vex me ower muckle! I'd a fair sicht seener wint thaim nor aet thaim!

"Div ye hear the snyaav on the lozens, Cheetie? Fit bonnie an saft a soun it maks! Jist as gin a bodie wes kissin the winnock aa ower outbye. I winner gin the snyaav loes the trees an the parks, sae lown an gentie the kissies it gies thaim! An syne it haps thaim up cosie, ye ken, wi a fite queetin; an aiblins it says 'Faa ower nou, my wee hinnies, or the simmer wins back again.' An syne fan they waaken up in the simmer, Cheetie, they cleid theirsels aa in green, an dunce aroun finiver the wunn byaavs—och is aat nae rael bonnie!" cry't Ailice, drappin the baa o wou tae clap her hannies. "An och I wuss it wes for rael! I'm seer the wids lyeuk drousie in hairst, fan the leafs is turnin broun.

"Cheetie, can you play at chess? Nou, dinna smirkle, my wee daatie, I'm speirin at ye richt sairious. Acause fan we war playin eenou, ye war takin tent jist as gin ye winnersteed it, an fan I said 'Check!' ye sang a wee thrummie! Weel, it wes a bonnie check, Cheetie, an aiblins I cwid hae wan, gin it hedna been for thon atterie Knicht at cam waachlin doun amo my mannies. Cheetie my dou, come an we'se lat on—" An I wuss I cwid tell ye haaf the things at Ailice ees't tae say stertin wi "Come an we'se lat on—"! She'd hed a fair argie-bargie wi her sister jist the day afore, aa acause Ailice hed yokit tee wi "Come an we'se lat on we're keings an queens!" an her sister, fa likit bein rael pernickety, hed thraipit at they cwidna acause there wes jist the twa o thaim, an Ailice at linth cwid finn naethin better tae say nor "Weel than, you can be een o thaim an I'se be aa the idders!" An eence she hed gien her aal neirish a rael frichtsome fleg wi skraichin suddentlie in her lug, "Neirish! Come an we'se lat on at I'm a hungert hyena an you're a been!"

But wi aa iss we're lossin sicht o Ailice's collogue wi the kittlin. "Come an we'se lat on at you're the Reid Queen, Cheetie! Dae ye ken, gin ye war tae sit up stracht an faal your airms, ye'd lyeuk jist azacly like her! Nou mak an ettle, like a wee darlin." An Ailice liftit the Reid Queen aff the brod, an set it doun forenenst the kittlin for a patren it cwid eimitate. Fousomiver, her idaia didna come muckle speed: maistlins, Ailice said, acause the kittlin wadna faal its airms the richt wye. An sae, for its paiks, she heild it up tae the Keekin-gless, tae gar it see fit glumshie it wes bein. "An gin ye dinna stert bein gweed iss mintie," she eikit on, "I'se pit ye throwe intae Keekin-Gless Hous. Fou wad ye like *aat*?

"Nou gin ye'll jist tak tent, Cheetie, an nae blether sae muckle, I'll tell ye aa my thochties anent Keekin-Gless Hous. Firstlins, there the chaamer ye can see throwe the gless: aat's jist sel an same wi our ain chaamer, abies aathin gyangs the idder gait. I can see it aa fan I sclim up onnen a cheir, aa forbye the pairt ahint the ingle. Och, fou I wuss I cwid see thon bittie! Fit blythe I'd be tae ken gin they hae a fire in the winter: ye niver can tell, ye ken, binna our fire sterts reekin, an syne the reek rises up in thon chaamer tee: but it's aiblins jist a pit-on, tae gar't *lyeuk* as gin they hed a fire. Weel aan, the byeuks is some like our byeuks, abies the wirds rins the idder gait: I ken aat, acause eence I heild up een o our byeuks tae the gless, an syne they heild een up in the idder chaamer.

"Fou wad ye like tae bide in Keekin-Gless Hous, Cheetie? I winner wad they gie ye milk in ere? Keekin-Gless milk mithna be aafa gweed tae drink, tho. But och, Cheetie! Nou we win til the trunce! Ye can jist see a peerie-wee teet o the trunce in Keekin-Gless Hous, gin ye lea the door o our parlour wide tae the waa, an it's jist like our trunce as faar's ye can see, but ye ken, it mith be richt different on ayont. Och, Cheetie! Fitten braa it wad be gin we cwid jist win throwe intil Keekin-Gless Hous! I'm seer it's gat och, siccan bonnie thingies intil't! Come an we'se lat on at there some gait for winnin throwe intil't, Cheetie. Come an we'se lat on at the gless is turn't aa saft like sulk, sae's we can win throwe. Fegs! It's turnin intae a kinna haar eenou, I rede ye! It ull nae be ony darg tae win throwe—" She wes up on the brace fan she said iss, tho she scarcelins kent fou she hed wan there. An siccar, the gless wes stertin tae eely awaa richt eneuch, jist like a bricht sillerie haar.

Ae mintie mair an Ailice wes throwe the gless, an hed lowpit gracielie doun intae the Keekin-Gless chaamer. The foremaist thing she did wes tae see gin there wes a fire in the ingle, an she wes fell chuff't tae finn at there wes a rael een, bleezin awaa as bricht as the een she hed lea't ahint her. "Sae I'se be as cosie here as I wes in the aal chaamer," thocht Ailice, "deed, I'se be *mair* cosie, acause there ull be naebody here tae scaal

me awaa fae the fire. Och, fit a divert it ull be, fan they see me in here throwe the gless, an canna win tae me!"

Syne she yokit tae teetin aa aroun, an obsairt at fitiver there wes tae see fae the aal chaamer wes jist richt ordinar an nae interestin, but aa the lave wes as different as cwid be. For ensample, the picturs on the waa neist tae the fire kytht tae be aa leivin, an een the knock on the brace (ye ken, ye can jist see the back o't in the Keekin-Gless) hed the face o a wee aal mannikie, an gied her a smirkle.

"They dinna keep iss chaamer as braalie redd up as the tidder," Ailice thocht tae hersel, takin tent o a curnie chessmen doun i the chimley-neuk amo the shinners, but ae mintie mair an wi a little stamagastert "Och!" she wes doun

on her hanns an knees gomin at thaim. The chessmen war paraadin about in twas!

"Here the Reid Keing an the Reid Queen," Ailice said (in a fusper, for fear she mith gie thaim a fleg), "an there the Fite Keing an the Fite Queen sittin on the rim o the sheel — an here twa castles oxterin idder — I dinna think they can hear me," she heild on, loutin her heid farrer doun, "an I'm aamaist seer they canna see me. I feel as gin I wes invisible, somewye—"

At iss mamen somethin stertit weeackin on the brod ahint Ailice, an gart her turn her heid roun jist in time tae see een o the Fite Pawns fummle ower an stert kickin: she watch't it fell keerious-like tae see fit wad happen neist.

"Aat's my bairnie's vyce!" the Fite Queen rowtit out, breengin past the Keing sae ramsh-like at she cowpit him ower amo the shinners. "My praicious Lily! My imperial kittlin!"

"Imperial your granny!" said the Keing, dichtin his neb for his tummle hed gaw'd it. He wes in his richts tae be a wee thingie fasht wi the Queen, for he wes broukit wi aiss fae heid tae fit.

Ailice wes unco keen tae mak hersel eesefu, an sen the peer little Lily wes naarhan scraichin hersel intae a thraa, she swippertlie liftit the Queen up an set her doun on the brod aside her little squallochin dother.

The Queen stecht an sat doun: the brattlin viage throwe the air hed fair taen her braith awaa, an for twa-three minties she cwidna dee ocht but bosie little Lily wi niver a wird. Finiver she hed courit her braith a bittie she caa'd doun tae the Fite Keing, fa wes sittin glumshin amo the aiss, "Myn the volcano!"

"Fitna volcano?" said the Keing, gomin eerie-like intil the fire, as gin he thocht aat wes the maist lickly place tae finn een.

"Fufft—me—up!" pecht the Queen, stull a bittie bursen. "Myn yoursel an win up—the eeswal gait—dinna get fufft up!"

Ailice watch't the Fite Keing makin a slaa an sairie straachle up fae rib tae rib, or at linth she said, "Fegs, ye'll be hours an hours winnin tae the brod thon gait. Ye'd be faar better lattin me help ye, wad ye nae?" But the Keing niver tyeuk ony tent o the quistion: it wes plain as parritch at he cwidna aider hear her nor see her.

Sae Ailice liftit him up unco cannie-like, an cairriet him ower mair heelie nor she hed taen the Queen, sae's nae tae tak his braith awaa; but afore she set him doun on the brod she thocht she mith as weel gie him a wee dicht, he wes aat smuirit wi aise.

She said efterhins at niver in aa her life hed she seen siccan a shevel as the Keing made fan he funn himsel heild up in the air wi a hann he cwidna see an gettin dichtit: he wes faar ower stamagastert tae gie a scraich, but his een an his mou gaed on growein bigger an bigger, an rouner an rouner, or her hann gat aat shoogly wi laachin at she naarhan lat him drap doun tae the fleer.

"Och, please dinna thraa your gab sae muckle, my daatie!" she gullert, forgettin aa an haill at the Keing cwidna hear her. "Ye're garrin me laach sae forcie-like I can scarcelins keep haad o ye! An dinna haad yer mou sae wide! Aa the aise wull ging intil't! There ye are nou, I think ye're weel eneuch redd up," she eikit on, sleekin his hair an settin him doun on the brod neist tae the Queen.

The Keing immedantlie tumml't ower flatlins on his rig, an liggit perfitlie still; an Ailice wes jist a bittie fleggit wi fit she hed deen, an gaed roun the chaamer seekin tae finn ony watter tae jow ower him. Foubeit, she cwidna finn naethin binna a bottle o ink, an fan she wan back wi't she saa at he had courit, an him an the Queen war claverin thegidder in a frichtit fusper, aat laich at she cwid scarcelins hear fit they said.

The Keing wes sayin, "I seer ye, my daatie, I turn't caal richt tae the eyns o my fuskers!"

Tae iss the Queen answer't, "Ye hinna gat ony fuskers!"

"Siccan a grue as I gat aat mamen," the Keing heild on, "I'se niver, *niver* forget!"

"Aye, but ye wull, tho," said the Queen, "binna ye mak a memorandum o't."

Ailice gomed richt gleg-like as the Keing tyeuk a wappin muckle memorandum-byeuk outen his pouch, an stertit vreitin. On a suddenty an antrin idaia cam intae her heid, an she claucht the eyn o the keelyvine, at streikit a wyes ower his shouther, an stertit vreitin for him.

The peer Keing lyeukit raivelt an disjaskit, an straachl't wi the keelyvine a filie athout sayin ocht, but Ailice wes ower steive for him, an at linth he fobbit out, "My daatie! Siccar I beed tae get a mair spirlie keelyvine. I canna manage wi iss een avaa, it vreits aakin kyn o things at I'm nae ettlin tae—"

"Fitna things?" said the Queen, takin a scunce at the byeuk (far Ailice hed vreiten '*The Fite Knicht is slidderin doun the proker. He's unco ull at balancin*'). "Aat's nae ony memorandum o *your* feelins!"

These wes a byeuk liggin naar tae Ailice on the brod, an file she sat tentilie gomin the Fite Keing (for she wes stull a bittie thochtie anent him, an wes haadin the ink aa reddies tae jow ower him for fear he wad tak anidder dwaam) she turn't ower the blads tae finn some pairt at she cwid read, "—for it's aa in some leid I dinna ken," she said tae hersel.

It wes like iss.

Yammerjockey

'T wes brendàe, an the glackie taves
Did preel an prummle in the graint.
Fou frumlie war the burrygaves,
An the wous blumphs feepsnairt.

She rax't her ingyne ower iss for a gweed filie, but at linth a brichtsome idaia cam til her. "Och in course, it's a Keekin-gless byeuk! An gin I haad it up til a gless the wirds ull aa ging the richt wye again."

Iss wes the poem at Ailice read.

Yammerjocky

'T wes brendrie, an the glackie taves
    Did preel an prummle in the grairt.
Fou frumlie war the burrygaves,
    An the wous blumphs feepsnair't.

"The Yammerjock, ying loun, o heed!
    The chafts at chack, the cluiks at cleik!
Bewaar the Jeeljeel bird, an dreid
    The freemious Glampigleek!"

He tyeuk his vairdal swurd in hann,
    Lang time the sudricht fae he socht,
Syne ristit he at the Hodrum tree,
    An steed a file in thocht.

An as he steed in och-like dwaam
    The Yammerjock, wi een alowe,
Blorachin, scroichlin, brairgin, cam
    The tumflie wuidin throwe!

Een-twa! Een-twa! An stracht awaa
    Strack sneckie-snack the vairdal blade.
He leift it deid, an wi its heid
    Gabrumphlin hame he gaed.

"An hae ye slain the Yammerjock?
    Come tae my airms, my lowesome tedd!
O heichrife day! Curdoo, curday!"
    He houchter'd crouse an gled.

> '*T wes brendrie, an the glackie taves*
> *Did preel an prummle in the grairt.*
> *Fou frumlie war the burrygaves,*
> *An the wous blumphs feepsnair't.*

"It lyeuks tae be fell bonnie," she said fan she hed feinish't it, "but it's jist a bittie ill tae winnerstaan!" (Ye see, she wesna fain tae avou een tae hersel at she cwidna mak ony sinse o't ava.) "Some wye it seems tae full my heid wi nories—but I dinna ken azacly fit they are! Fousomiver, *somebody* kill't *somethin*: aat's eith tae see, onygaits."

"But och!" thocht Ailice, stennin up suddentlie, "gin I dinna hurry up I'se hae tae ging back throwe the Keekin-gless afore I've seen fit like the lave o the hous is! Here an we'se tak a teet at the gairden firstlins!" In a gliff she wes outen the chaamer an rinnin doun the stair—or laestwyes it wesna jist azacly rinnin, but a nyow kinna upmak for gaen doun a stair eith an swippert-like, as Ailice said tae hersel. She jist heild her finger-nebs on the raivel an gaed sloumin doucelie doun on-titcht the stair wi her feet. Syne on she gaed sloumin throwe the haa, an wad hae eelie't richt out the door the samen wye, hed she nae cleikit a haad o the door-chik. She wes gettin a bittie deizie wi sae muckle sloumin throwe the air, an wes gled eneuch tae finn hersel walkin in the naitral wye.

CHAPTER II

The Gairden o Leivin Flouers

"Scwid see the gairden faar better," said Ailice tae hersel, "gin I cwid win tae the tap o thon knowe. An here a roddin at leads stracht til't—laestwyes, na, it disna dee aat—" (efter gingin twa-three yairds alang the roddin an turnin roun a puckle sherp corners), "but I jalouse at it wull at lest. But fit unco-like snorlie it is! It's mair like a corkscrowe nor a roddin! Weel, iss kink gings tae the knowe, I jalouse—na, it disna! Iss een gings stracht back tae the hous! Weel aan, I'se pree the idder wye."

An sae she did, stravaigin up an doun, an preein kink efter kink an snorl efter snorl, but aye comin back tae the hous, fitiver she cwid shap tae dee. Deed, eence fan she hed turn't roun a kink a bittie mair swippert-like nor the eeswal, she ran richt intil't afore she cwid haad back.

"It's nae eese talkin about it," Ailice said, gomin up at the hous an lattin on it wes argiein wi her. "I'm *nae* gyaan in again yet. I ken at I wad hae tae ging throwe the Keekin-gless again, back intil the aal chaamer—an aat wad be the feinish o aa my anters!"

Sae, wi a steive-like turn o her rig tae the hous, she tyeuk the gait doun the roddin eence mair, contermit tae haad stracht furrit or she wan tae the knowe. For twa-three minties aathin gaed on fine weel, an she was jist sayin "Iss time, siccar I *wull* dee't!" fan on a suddenty the roddin gied a thraa an shuggit itsel (sae she descryvit it efterhin), an the neist mamen she funn hersel acwally traipsin in at the door.

"Och, it's jist nae fair!" she gullert. "I niver saa siccan a hous for gettin in the wye! Niver!"

Fousomiver, there wes the knowe in fou sicht, sae there wes naethin tae dee but stert ower again. Iss time she cam til a muckle flouer-bed, wi a border o gowans, an a fir-tree growein in the mids o't.

"Och, Teiger-lily!" said Ailice, addressin een at wes waffin about gracielie in the tirl, "I wuss ye cwid spick!"

"But we can spick," said the Teiger-lily, "fan there onybody wirth spickin til."

Ailice was aat stamagastert she cwidna spick hersel for a mintie: it fair seem't tae tak her braith awaa. At linth, sen the Teiger-lily jist heild on wi waffin about, she spak again, in a wee blate-kyn vyce, aamaist jist a fusper, "An can *aa* the flouers spick?"

"As weel as ye can yoursel," said the Teiger-lily, "an a fair sicht louder."

"It's nae gweed mainners for us tae begin, ye ken," said the Rose, "an raelly, I wes winnerin fan ye'd say onythin! I says tae mysel, 'Her face hes gat a thochtikie sinse intil't, tho it's nae a knackie-lyeukin een!' Still an on, ye're the richt colour, an aat maks for muckle."

"I wadna heed about the colour," the Teiger-lily obsairt. "Gin her petals curled up a thochtie mair, she wad be jist fine."

Ailice didna like gettin criticeised, an sae she begoud tae speir quistions. "Are ye nae feart, files, at bein plantit out here wi naebody tae tak tent o ye?"

"There the tree in the mids o's," said the Rose. "Fit idder is it gweed for?"

"But fit cwid it dee gin ony danger cam?" speirt Ailice.

"It cwid yowff," said the Rose.

"Aye, fine it cwid yowff wi aa its yowies!" scraicht a Gowan.

"Aye, an wurr wi aa its burrs!" scraicht anidder Gowan. "Did ye nae ken *aat*?" An syne they aa begoud tae rowt out thegidder, or the air seem't tae be pang-fou o little weeackin vyces. "Haad your tungs, the bourach o ye!" gullert the Teiger-lily, waffin itsel fae side tae side in a reid-wuid feem an chitterin wi firr. "They ken I canna win til thaim!" it hechl't, lowtin its trimmlin heid ower tae Ailice, "or they wadna daar tae dee't!"

"Dinna heed!" said Ailice douce an dillie-like, an loutin doun tae the gowans, fa war jist gettin yokit again, fuspert "Gin ye dinna haad your wisht I'se pou ye!"

There wes seilence in a gliff, an a wheen o the pink gowans turn't fite.

"Aat's richt!" said the Teiger-lily. "The gowans are the warst o aa. Fan een o thaim spicks, they aa begin thegidder, an it's eneuch tae gar a bodie cryne tae hear the wye they aa cairry on!"

"Fou is it at ye can aa crack an claver sae braalie?" Ailice said, howpin tae pit it intae a mair couthie tid wi a fraise. "I've been in a fouth o gairdens or nou, but neen o the flouers cwid spick."

"Pit your hann doun an feel the grunn," said the Teiger-lily, "an syne ye'll ken fou it is."

Ailice did sae. "It's unco hard," she said, "but I dinna see fit aat hes tae dee wi't."

"In maist gairdens," said the Teiger-lily, "they mak the beds ower saft, sae's the flouers are aye sleepin."

Iss sounit like a fair gweed raison, an Ailice wes fell chuff't tae ken o't. "I niver thocht o aat or nou!" she said.

"It's *my* opingan at ye niver think avaa!" said the Rose fell snaar-like.

"I niver saa onybody lyeukin mair o a feel-gype!" a Violet said, sae suddent-like at Ailice naarhan gied a lowp, for it hedna said ocht or aan.

"You jist haad your tung!" gullert the Teiger-lily. "As gin *you* iver saa onybody! Ye haad your heid ablow the leafs an snocher awaa doun ere, or ye ken nae mair o fit's gyaan on in the wardle nor gin ye war a bud!"

"Is there ony idder fowk in the gairden forbye me?" speirt Ailice, ettlin nae tae tak ony heed o the Rose's lest obsair.

"There ae idder flouer in the gairden at can meeve about like you," said the Rose. "I winner fitten rodd ye dee't." ("Ye're aye winnerin," said the Teiger-lily), "but she's mair bussie nor you."

"Is she like me?" speirt Ailice aiverie-like, for the thochtie cam til her myn "There anidder little quinie in the gairden some gait!"

"Weel, she hes the samen ackwart shap as you hae," said the Rose, "but she's mair reid, an her petals are mair scrimp-like, I think."

"They're wappit up close thegidder like a dahlia," said the Teiger-lily, "nae aa tapsalteerie like yours."

"But aat's nae your wyte," the Rose eikit on gentie-like. "Ye're stertin tae cryne, ye ken, an aan a flouer canna help it gin her petals get a bittie hudderie."

Ailice didna like iss idaia at aa, sae tae chynge the subjec she speirt: "Dis she iver come hereawaa?"

"I daar say ye'll see her or lang," said the Rose. "She's een o the kyn at hes nine jags, ye ken."

"Far dis she weir thaim?" Ailice speirt, a bittie keerious-like.

"Atweel, aa roun her heid, in course," answer't the Rose. "I wes winnerin fit wye you hedna ony forbye. I thocht it wes jist for ordinar."

"Here she's comin!" gullert the Larkspur. "I hear her fitstaps, dunch dunch, comin alang the chingle-pad!"

Ailice keekit roun aiverie-like, an saa at it wes the Reid Queen. "She's fair growen!" wes her first obsair. Deed an she hed: fan Ailice funn her firstlins amo the aise, she wes jist three inch o heicht, an nou here she wes, owertappin Ailice hersel by haaf a heid!

"It's the caller air at dis't," said the Rose: "winnersome fine air we hae hereawaa."

"I think I'll ging an meet her," said Ailice, for foubeit the flouers war interestin eneuch, she thocht it wad be faar mair graan tae hae a claver wi a rael Queen.

"Ye canna possibly dee aat," said the Rose. "I wad rede ye ging the idder wye."

Iss sounit like buff an styte tae Ailice, sae she didna say ocht but heild stracht awaa the wye o the Queen. Fair bambaizit she wes fan in jist a mintie she tint the sicht o her, an funn hersel traipsin in again at the front door.

A bittie taiselt, she stappit backlins, an efter gomin aagaits for the Queen (an at linth noticin her hyne awaa), she thocht she wad pree the ploy o gyangin the idder airt.

She cam richt bonnie speed wi't. She hedna been walkin a mintie or she funn hersel face tae face wi the Reid Queen, an fou in sicht o the knowe she hed been ettlin tae win til for siccan a lang file.

"Far hae ye come fae?" speirt the Reid Queen. "An far are ye gyaan? Haad up your heid, spick dentie-like, an dinna ficher wi your fingers aa the time."

Ailice tyeuk tent o aa aat wycins, an expounit as weel as she cwid at she hed tint her wye.

"I dinna ken fit ye mean by *your* wye," said the Queen, "aa the wyes hereawaa belang tae *me*. But fitten rodd did ye come out here avaa?" she eikit on, mair gentie-like. "Mak a beck fan ye're thinkin fit tae say. It sairs time."

Ailice ferlie't a bittie at iss, but she wes ower muckle in dreid o the Queen tae mistrou it. "I'se pree't fan I win hame," she thocht tae hersel, "the neist time I'm a kennin late for my denner."

"It's time for ye tae answer nou," said the Queen, glentin at her watch. "Aipen your mou jist a haet wider fan ye spick, an ayewyes say 'Your Maijesty'."

"I wis jist wintin tae see fit the gairden wes like, Your Maijesty—"

"Aat's richt," said the Queen, clappin her on the heid, the filk Ailice didna like avaa: "foubeit, I hae seen gairdens in confeirance tae the filk iss een wad be a wastage."

Ailice daar'tna argie wi her, an heild on: "—an I thocht I wad ettle tae finn my wye tae the tap o thon knowe—"

"Fan ye say 'knowe'," the Queen interruppit, "I cwid shaa ye knowes, in confeirance tae the filk ye'd caa thon een a howe."

"Na, I wadna!" said Ailice, stamagastert eneuch at lest tae gie her the na-say. "A knowe canna be a howe, ye ken: aat wad jist be havers."

The Reid Queen shoggit her heid. "Ye can caa it havers gin ye like," she said, "but I hae hard havers in confeirance tae the filk aat wad be as mensefu as a dictionar."

Ailice made anidder beck, sen she doutit fae the wye the Queen spak at she wes jist a haet fasht, an syne they raikit on wi niver a wird said or they wan tae the tap o the little knowe.

For twa-three minties Ailice steed on-spoken, gomin out tae aa the airts ower the kintra: an siccan an unco kintra as it wes. There wes a hantle little-wee burnies rinnin stracht athort it fae the tae side tae the tidder; an the grunn atweesh thaim wes pairtit intae squares wi a puckle little-wee green hedgikies raxin fae burnie tae burnie.

"I'se avou, it's merkit out jist like a muckle chess-brod!" Ailice said at lest. "There beed tae be some chessmen meevin about someplace: aye, an there is an aa!" she eikit on, fair delytit-like, an her hert begoud tae dunch swippertlie as the sicht kittl't her up. "It's a wappin-gryte gemm o chess at's gettin played aa ower the wardle—gin iss *is* the wardle avaa, ye ken. Fegs, fit a braa dafferie it is! Och, but wad I nae like fine tae be een o thaim! I wadna myn bein a Pawn, gin I cwid jist jyne in—foubeit in course, I wad like best o aa tae be a Queen!"

She tyeuk a blate-like wee keekie at the rael Queen as she said iss, but her compaingen jist gied a leesome smirkle an said "Aat's nae ull tae manage. Ye can be the Fite Queen's pawn, gin ye like, sen Lily's ower ying tae play; an ye're in the Saicont Square tae stert wi: fan ye win tae the Aacht Square ye'll be a Queen—" Jist at iss mamen, some wye or idder, they begoud tae rin.

Ailice wes niver jist seer, thinkin on't efterhins, fou it cam at they gat stertit: aa she can caa tae myn is at they war rinnin, hann for niv, an the Queen gaed aat swippertlie at it wes aa she cwid dee tae haad up wi her; an aye an on the

Queen scraicht "Fester! Fester!", but Ailice felt she *cwidna* ging ony fester, tho she hed nae wunn leeft tae say't.

The maist keerious thing about it wes at the trees an aa the idder things roun about thaim niver chyngit their places a haet: nae matter hou fest they gaed, they niver seem't tae pass onythin. "I winner gin aa the things meeve alang wi us?" thocht peer taivert Ailice. An the Queen seem't tae jalouse her thochts, for she gullert "Fester! Dinna ettle tae spick!"

Nae at Ailice hed ony thocht o deein *aat*. She felt as gin she wad niver manage tae spick ony mair avaa, sen she wes out o wunn an fobbin sae muckle, an still an on the Queen scraicht "Fester! Fester!" an haikit her alang. "Are we naarhan there?" Ailice managed tae pech out at linth.

"Naarhan there!" the Queen repaitit. "Och, we pass't it ten meinits syne! Fester!" An they gaed rinnin on a file wi nae wird said, the wunn fusslin in Ailice's lugs, an naarhan byaavin the hair aff her heid, as she fanticed.

"Nou! Nou" rowtit the Queen. "Fester! Fester!" An they gaed sae swippertlie at they seem't at linth tae be skiffin throwe the air, scarcelins een titchin the grunn wi their feet, or aa on a suddenty, jist as Ailice wes gettin rael forfochen, they stappit, an she funn hersel sittin doun on the yird, bursen an deizie.

The Queen steetit her up agin a tree, an said gentie-like "Ye can rist a filie nou."

Ailice keekit roun about her in a fair stamagaster. "Losh, I'se uphaad at we hae bidden ablow iss tree the haill time! Aathin's jist as it wes afore!"

"Weel, in course it is," said the Queen. "Fit wad ye hae?"

"Weel, in our kintra," said Ailice, still pechin a bittie, "maistlins ye'd win some idder gait, gin ye ran rael fest for a lang file as we hae deen."

"A sweirt kinna kintra!" said the Queen. "Nou *here*, ye ken, it taks aa the rinnin ye can dee tae bide in the samen airt.

Gin ye're seekin tae win someplace idder, ye maan rin at laest twice as fest as aat!"

"I'd leifer nae try, please ye!" said Ailice. "I'm weel contentit tae bide here—but fegs, fitten het an drouthy I am!"

"I ken fit ye'd like!" said the Queen wi braa gweed-wull, takin a little boxie out her pouch. "Hae a byaakie?"

Ailice didna think it wad be gentie tae say "Na," tho it wesna fit she wantit at aa. Sae she tyeuk it, an ett it as weel as she cwid manage. An it wes *aafa* haskie, an she thocht she hed niver been sae naarhan chockit in aa her days.

"File ye're callerin yoursel," said the Queen, "I'se jist dee the mettin." An she tyeuk a reiban out her pouch, merkit in inches, an yokit tae mettin the grunn an stickin little knaggies in here an yont.

"At the eyn o twa yaird," she said, pittin in a knaggie tae merk the distance, "I'se airt ye your wye—are ye wintin anidder byaakie?"

"Na, thank ye," said Ailice: "een's enyow fairlie!"

"Your drouth's slockent nou, I howp?" said the Queen.

Ailice didna ken fit tae say tae iss, but by gweed hap the Queen didna bide on ony answer, but heild on: "At the eyn o *three* yaird I'se rane thaim ower again, for fear ye'll forget thaim. At the eyn o *fower*, I'se say fareweel. At the eyn o *five*, I'se gyang my waas!"

She had pitten aa the knaggies in or iss, an Ailice gomed, rael interestit, as she cam back tae the tree an begoud tae walk slaalie doun the raw.

At the twa-yaird knaggie she turn't roun an said, "A pawn traivels twa squares in its first meeve, ye ken. Sae ye'll skirr rael swippertlie throwe the Third Square—lickly ye'll tak a train, I jalouse—an ye'll finn yoursel in the Fowert Square in nae time avaa. Weel, thon square belangs Deedledum an

Deedledee—the Fift is maistlins watter—the Saxt belangs Humphy Dumphy—But ye're nae makin ony obsair?"

"I—I didna ken at I beed tae mak ony jist aan," Ailice stammer't out.

"Ye *shid* hae said," the Queen heild on in a dour an hecklesome mainner, "'It's unco gentie o ye tae tell me aa iss'—foubeit, we'se consither it as said. The Seivent Square is aa wuidins, fousomiver, een o the Knichts wull airt ye the wye—an in the Aacht Square we'se be Queens thegidder, an aan fitna splores an gilravitches we'se hae!" Ailice steed up an made a beck, an sat back doun.

At the neist knaggie the Queen turn't roun again, an iss time she said "Spick in French fan ye canna myn the Scots for somethin—pynt your taes out fan ye walk—an myn faa ye are!" She didna bide on Ailice makin a beck but heild on swippertlie tae the neist knaggie, far she keekit backlins for jist a mintie tae say "Fare weel tae ye!", an syne gaed breeshlin on tae the hinmaist.

Fitten rodd it cam about Ailice niver kent, but jist at the azac mamen she wan tae the hinmaist knaggie she wes awaa. Fidder she eelie't intae the air, or fidder she gaed rinnin swippertlie intil the wuidin ("an she fair *can* rin swippertlie!" Ailice thocht), there wes nae wye tae jalouse, but she wes awaa, an it cam til Ailice's mynin at she wes a Pawn, an wad hae tae mak her meeve or lang.

CHAPTER III

Keekin-Gless Baesties

In course, the first thing tae dee wes tae mak a grann vizzie o the kintra she wes gyaan tae traivel throwe. "It's geyan like lairnin geography," thocht Ailice, staanin on tipper-taes in the howp o managin tae see a bittie forder. "Foremaist rivers—weel, there neen ava. Foremaist bens— I'm staanin on the ainlie een, but I dinna think it's gat ony name. Foremaist touns—but here, fit's aa thon craiters makin hinnie doun ere? They canna be bees: naebody iver saa bees a mile awaa, ye ken—" an for a filie she steed quaetlins gomin at een o thaim at wes bizzin about amo the flouers, proggin its proboscis intil thaim, "jist as gin it wes a reglar bee," thocht Ailice.

Fousomiver, iss wes onythin but a reglar bee: fac, it wes an elephant, as Ailice seen lairnt, tho the idaia o't fair tyeuk her braith awaa at first. "An fitten wappin muckle flouers they maan be!" wes her neist idaia. "Some like but-an-bens wi the reefs teen aff, an shanks pitten til'em: an fegs, fitten a braa hantle o hinnie they maan mak! I think I'll awaa doun an—

na, I'se nae ging doun eenou," she heild on, snibbin hersel jist as she wes shapin tae rin doun the brae, an ettlin tae finn some kinna exkeese for turnin blate on siccan a suddenty. "It wadna dee tae ging doun amo thaim wuntin a gweed lang brainch tae wheech thaim awaa—an fitten a divert it'll be fan they speir at me fou I enjyed my daaner. I'll say tae thaim 'Aye, I likit it jist fine—" (here cam the favourite little cast o her heid) "but there wes siccan an aafa stew an swidder, an the elephants were aat fashious!'

"I think I'se ging doun the idder gait," she said efter hoverin a mamen, "an aiblins I'se gae an veisit the elephants in a filie. Forbye, I'm fair mangin tae win til the Third Square!"

Sae wi iss exkeese, she gaed rinnin doun the brae, an lowpit the first o the sax little-wee burnies.

"Tickets, gin ye please!" said the Gaird, pittin his heid in the windae. In a gliff aabody wes haadin out a ticket: they war naarhan the samen size as the fowk, an fair seem't tae fill up the cairriage.

"Come on nou! Shaa's your ticket, my quinie!" the Gaird heild on, gomin atterie-like at Ailice. An a chore o vyces aa said thegither ("like the owercome o a sang," thocht Ailice) "Dinna haad him bidin on ye, my quinie! Fegs, his time is wirth a thousan punn the meinit!"

"I dout I hinna gat een," Ailice said some frichtit-like. "There wesna ony ticket-offish far I cam fae." An again the chore o vyces heild on. "There wesna ony ruim for een far she cam fae. The lann there is wirth a thousan punn the inch!"

"Dinna mak exkeeses!" said the Gaird. "Ye shid hae bocht een fae the ingine-driver." An eence mair the chore o vyces heild on wi "The cheil at drives the ingine. Fegs, the reek alane is wirth a thousan punn the fuff!"

Ailice thocht tae hersel "Weel, there nae eese in spickin." The vyces didna jyne in *iss* time, sen she hedna said naethin, but she wes fell stamagastert fan they aa *thocht in a chore* (I howp ye winnerstaan fit *thinkin in a chore* means, for I maan avou at I dinna) "Better nae say eechie nor ochie. Leid is wirth a thousan punn the wird!"

"I'll draem about a thousan punn the nicht, fine I ken it!" thocht Ailice.

Aa iss file the Gaird wes gomin at her, first throwe a spygless, syne throwe a microscope, an syne throwe an opera-gless. At linth he said "Ye're traivelin the vrang wye," steekit the windae an gaed his waas.

"Siccan a ying bairnie," said the knabbie sittin forenenst her, (he wes aa cled in fite paper) "beed tae ken fitten rodd she's traivelin, een gin she disna ken her ain name!"

A Gait, at wes sittin neist tae the knabbie in fite, steekit his een an said loud out "She beed tae ken the gait tae the ticket-offish, een gin she disna ken her abbacee!"

There wes a Goloch sittin neist the Gait (it wes a fell unco-like cairriage-fu o traivellers aathegidder), an sen the rule seem't tae be at they shid aa spick turn about, *he* heild on wi "She'll hae tae ging back fae here as baggage!"

Ailice cwidna see fa wes sittin ayont the Goloch, but a harsk vyce wes the neist wi the raik o havers. "Chynge ingines—" it said, but syne it begoud tae hoast an kink, an beed tae devaal.

"It souns like a cuddie—an aal aiver," Ailice thocht tae hersel. An a little peerie-wee vycikie naar her lug said 'Ye mith mak a baar wi aat: somethin about a haverin aiver, ye ken.'

Syne a rael gentie vyce fae hyne awaa said "She maan hae a ticketie sayin 'Lass, wi care', ye ken—"

An efterhins idder vyces heild on ("Fitten a bourach o fowk there maan be in the cairriage!" thocht Ailice) sayin "She maan gyang by the post, sen she's gat a heid til her—" "She maan get sent for a message wi the telegraph—" "She maan pou the train hersel for the lave o the viage—" an sae furth.

But the knabbie cled in fite paper bou'd furrit an fuspert in her lug "Dinna pey ony heed tae fit they aa say, my daatie, but tak a return ticket ilkie time the train staps."

"Deed I'se nae dee ony siccan a thing!" said Ailice richt fuffie-like. "I dinna belang on iss train-traivel at aa. I wes in a shaa eenou—an I wuss I cwid ging back til't!"

'Ye mith mak a baar wi *aat*," said the peerie-wee vycikie naar her lug: "somethin about a bodie shaain ye the wye back tae your shaa, ye ken.'

"Dinna taiver sae muckle!" said Ailice, keekin about in vain tae see far the vyce wes comin fae. "Gin ye're aat keen tae hae a baar made, fit wye dae ye nae mak een yoursel?"

The wee vycikie gaed a deep an dowie souch. It wes fell sairie, seeminly, an Ailice wad hae said somethin peityin tae confort it a thochtie, "gin it wad jist souch like idder fowk!" she thocht. But iss wes siccan a byornar peerie-wee souchikie at she wadna hae hard it avaa, hed it nae come richt close til her lug. The affcome o iss wes at it gied her lug a fell taiversome kittle, sae's she cwidna gie a thochtie tae the peer craiturie's dule.

'I ken ye're a frein,' the peerie-wee vycikie heild on, 'a hertsome frein, an an aal frein. An ye'll nae dee me ony skaith, tho I'm an insec.'

"Fitten kyn o insec?" speirt Ailice, a bittie timorsome-like. Fit she wes raelly wuntin tae ken wes fidder it cwid stang or nae, but she didna think aat wad be a verra gentie quistion tae speir.

'Fit aan, sae ye dinna—' the wee vycikie begoud, fan it wes smourit wi a skraichie squalloch fae the ingine, an aabody lowpit up in a fricht, Ailice amo the lave.

The Aiver, fa hed pitten his heid outen the windae, drew it in quaetlins an said "It's jist a burnie we hae tae lowp ower." Aabody seem't weel contentit wi iss, tho Ailice wes jist a haet skeerie at the thocht o trains lowpin onygaits. "Fousomiver, it'll tak us tae the Fowert Square, aat's some aisement!" she said til hersel. Ae mintie mair an she felt the cairriage tovin stracht up intae the air, an in her fleg she claucht at the thing naarest her hann, filk happent tae be the Gait's baird.

But the baird seem't tae eely awaa as she titch't it, an she funn hersel sittin quaetlins ablow a tree, file the Midgie (for aat wes the insec she hed been claverin wi) wes balancin itsel on a spirl jist abeen her heid, an waffin her wi its wingies.

Siccar, it wes a fell muckle Midgie, "about the size o a chucken", Ailice thocht. Still, she cwidna feel skeerie wi't, efter they hed been crackin thegidder sae lang.

40

"—sae ye dinna like aa insecs?" the Midgie heild on, quaetlins as gin naethin hed happent.

"I like thaim fan they can claver," Ailice said. "Neen o thaim iver spicks at aa far I come fae."

"Fit kyns o insecs div ye rejyce in, far ye come fae?" speirt the Midgie.

"I dinna *rejyce* in insecs avaa," Ailice expounit, "for I'm a thochtie feart for thaim, laestwyes the muckle eens. But I can tell ye the names o some o thaim."

"They answer tae their names, in course?" obsairt the Midgie tentlesslie.

"I niver kent thaim tae dee't."

"Fat's the eese o their haein names," the Midgie said, "gin they dinna answer tae'm?"

"Nae eese tae *thaim*," said Ailice, "but it's eesefu tae the fowk at names thaim, I jalouse. Iddergaits, fit wye dae things hae names avaa?"

"I canna tell ye," answer't the Midgie. "Faarer hyne in the wuidin doun thonder they hinna gat ony names. Fousomiver, haad on wi your list o names, ye're lossin time."

"Atweel, there the Clegg—iddergaits fowk caa't a Horse-flee," Ailice begoud, countin aff the names on her fingers.

"Fine weel," said the Midgie. "haafgaits up thon buss ye'll see a Shoogie-horse-flee, gin ye tak a scunce. It's made o wid aa an haill, an it traivels by shoogiein itsel fae brainch tae brainch."

"Fit dis it mait itsel on?" speirt Ailice fell keerious-like.

"Sap an saains," said the Midgie. "Cairry on wi your list."

Ailice gomed at the Shoogie-horse-flee wi muckle interest, an decidit at it maan jist hae been nyow pentit, it lyeukit aat bricht an sticky; an syne she heild on:

"An there the Shoogie-horse-stang—na, jist Horse-stang—Draigon-flee, some fowk caa't."

"Keek up at the brainch abeen your heid," said the Midgie, "an ye'll finn up there a Snap-draigon-flee. The corp o't's a cloutie dumplin, the wings is leafs o hollin, an its heid's a raisin burnin in brandy."

"An fit dis it mait itsel on?" speirt Ailice as afore.

"Noor cake an mince-pies," answer't the Midgie, "an it maks its nest in a Christmas stockin."

"An syne there the Butterflee," Ailice heild on, efter she hed teen a gweed scunce at the baestie wi 'ts heid alowe an thocht tae hersel, "I winner gin aat's fit wye baesties are sae

fain o fleein intae cannles: acause they're ettlin tae turn
theirsels intae Snap-draigon-flees!"

"Crowlin at your feet," said the Midgie, (Ailice drew her
feet backlins in a bittie o a fleg), "ye'll aiblins tak tent o a
Breid-an-butter-flee. The wings o't are scrimp fangs o breid
an butter, the corp's a crust, an the heid's a kneevlick o
succar."

"An fit dis *it* mait itsel on?"

"Waek tea wi ream intil't."

A nyow diffeequalty cam intae Ailice's heid. "An supposin
it cwidna finn ony?"

"Weel, aan it wad dee, in course."

"But aat maan happen unco aften", Ailice obsairt pensefu-
like.

"It ayewyes happens," said the Midgie.

Efter iss, Ailice bade quaet for twa-three minties, thinkin
on aat. The Midgie divertit itsel the file wi bummin roun an
roun her heid: at lest it sattl't doun again an obsairt: "I
jalouse ye're nae wuntin tae tyne your name?"

"Na, for siccar!" said Ailice some eerie-like.

"For aa aat, I dinna ken," the Midgie heild on tentlesslie.
"Jist think fit hannie it wad be gin ye cwid manage tae win

hame wuntin it! For ae thing, gin the deemie wes ettlin tae cry on ye for your lessons, she wad guller out "Come here—" An syne she'd hae tae gie ower, acause there wadna be ony name for her tae caa, an syne in course ye wadna hae tae gyang, ken!"

"Aat wadna mak ava, I'm seer," said Ailice. "The deemie wad niver think o lattin me aff my lessons for aat. Gin she cwidna myn my name she'd caa me 'Miss' like the teenies."

"Weel, gin she said 'Miss' an niver said onythin mair," obsairt the Midgie, "in course ye'd miss your lessons. Aat's a baar. I wuss *ye* hed made it."

"Fit wye dae ye wuss I hed made it?" speirt Ailice. "It's a dowless een enyow!"

But the Midgie jist gied a deep an dowie souch, an twa muckle teardraps cam trintlin doun its chouks.

"Ye shidna mak baars," Ailice said, "gin it maks ye sae drearisome."

Syne cam anidder o thon dowie little souchs, an iss time the peer Midgie seem't acwally tae hae soucht itsel awaa, for fan Ailice keekit up, there wes naethin avaa tae see on the rice, an sen she wes gettin unco caal wi sittin still for sae lang, she raise an stennit on.

She wan or lang tae an aipen park, wi a wuidin on the idder side o't: it lyeukit tae be a haep mirkier nor the lest wuidin, an Ailice felt jist a little-wee thochtie blate about gingin intil't. Fousomiver, on saicont thochts, she decidit tae haad furrit, "for siccar, I'll nae ging *backlins*," she thocht tae hersel, an iss wes the ainlie gait tae the Aacht Square.

"Iss maan be the wuidin," she said tae hersel pensefu-like, "far things hinna ony names. I winner fit ull come o my ain name fan I ging intil't? I wadna like tae tyne't, nae avaa: for syne they'd hae tae gie me anidder een, an it wad be naarhan seer tae be an ugsome een. But syne, fit a divert it wad be ettlin tae finn the craiturie at hed gatten my aal name! Aat's jist like the adverteisements, ye ken, fan fowk tyne their dugs—'*answers tae the name "Baatie", hed on a bress collar*'—jist imagine caain aathin ye met 'Ailice' or een o thaim answer't! But they wadna answer avaa, gin they hed ony mense."

She wes bletherin awaa like iss fan she wan tae the wuidin: it lyeukit richt caller an scoggit. "Atweel, it's a bonnie easin onygaits," she said stappin in ablow the trees, "efter bein sae sweltrie, tae win intae the—intae the—intae *fit*?" she heild on, ferliein some at nae managin tae think o the wird. "I mean, tae get in ablow the—ablow the—ablow *iss*, ye ken!" titchin her hann tae the bole o the tree. "Fit *dis* it caa itsel, I winner? I naarhan trou it hesna a name avaa—na, siccar it hesna!"

She steed quaetlins a mintie, thinkin; syne heild furth again on a suddenty: "Sae it raelly hes happent, efter aa! An nou, fa am I? I'm gyaan tae myn on't gin I can! I'm fair gyaan tae!" But sayin she wes fair gyaan tae wesna muckle eese, an aa she cwid say, efter a hantle o thinkin, wes "L, I *ken* it sterts wi an L!"

Jist than a Faan cam stravaigin past: it gomed at Ailice wi'ts muckle gentie een, but didna seem tae be feart avaa. "Here aan! Here aan!" said Ailice, raxin out her hann an ettlin tae gie't a clap, but it jist stertit backlins a wheen, an syne steed gomin at her again.

"Fit div ye caa yoursel?" said the Faan at linth. Siccan a douce, quaet wee vycikie at it hed!

"I wuss I kent!" thocht peer Ailice. She answer't dowie-like, "Naethin, eenou."

"Think some mair," it said, "aat winna dee."

Ailice thocht, but naethin cam o't. "Gin ye please, wad ye tell me fit *ye* caa yoursel?" she said blate-like. "I think aat mith be kinna eesefu."

"I'se tell ye, gin ye'll haad furrit wi's a bittikie," the Faan said. "I canna myn o't *here*."

Sae they gaed traikin thegidder throwe the wuidin, Ailice wi her airms twynit loesome-like roun the Faan's saft craig, or they wan out tae anidder aipen park, an here the Faan tyeuk a suddent lowp intae the air an lowsit itsel fae Ailice's airm wi a shog. "I'm a Faan!" it gullert in a gledsome vyce. "An megstie me! Ye're a man's bairn!" An swippert cam a lyeuk o fricht intae the bonnie broun een o't, an in jist ae mamen mair it hed gaen skirrin awaa at fou gallop.

Ailice steed gomin efter't, naarhan reddie tae greet wi disappyntment fae tynin her loesome little compaingen sae suddent-like. "Fousomiver, I ken my name nou," she said, "there a haet o aisement in aat. Ailice—Ailice—I'll nae forget it again. An nou, fit een o iss sign-brods shid I folla, I'm winnerin?"

It wesna ower kittlesome a quistion tae answer, sen there wesna but the ae rodd throu the wuidin, an the twa sign-brods baith pyntit alang o't. "I'll sattle it," Ailice said tae hersel, "fan the roddin twynes an they pynt the twa different gaits."

But iss didna seem lickly tae happen. On an on she gaed, a langsome gait, but fariver the rodd twynit there wes seer tae be twa sign-brods pyntin the samen gait, the teen sayin "TAE DEEDLEDUM'S HOUS" an the tidder "TAE THE HOUS O DEEDLEDEE".

"Atweel I trou," said Ailice at linth, "at they bide in the *samen* hous! I winner fit wye I niver thocht o aat afore. But I canna bide there lang. I'll jist cry in ben an say "Fit like?", an speir at thaim the gait out the wuidin. Gin I cwid jist win tae the Aacht Square afore the mirk!" An sae she gaed stravaigin on, claverin tae hersel as she gaed, or she turn't roun a sherp corner an cam forenenst twa pudgie wee callants, sae suddent-like at she cwidna help stertin backlins. But ae meinit mair an she courit hersel, feelin seer they beed tae be

CHAPTER IV

Deedledum
an Deedledee

They war stannin ablow a tree, ilkeen wi an airm about the tidder's haase, an Ailice kent in a mintie filkeen wes filk, for een o thaim hed "DUM" broderit on his collar, an the tidder "DEE". "I jalouse ilkeen o thaim wull hae "DEEDLE" roun the back o the collar," she said tae hersel.

They steed aat stull at she forgat hailumlie at they war leivin, an she wes jist gingin roun tae see gin the wird "DEEDLE" wes vrutten at the back o ilkie collar, fan she wes stertl't wi a vyce comin fae the een merkit "DUM".

"Gin ye think we're waxwarks," he said, "ye suid pey, ye ken. Waxwarks warna made tae be gomed at for naethin. Naegaits!"

"Contergaits," eikit on the een merkit "DEE", "gin ye think we're leivin, ye suid spick."

"Siccar, I'm unco wae," wes aa at Ailice cwid finn tae say, for the wirds o the aal sang war gyaan dirlin throu her heid

like the chappin o a nock, an she wes naarhan the weers o
sayin thaim out loud:—

> *Deedledum an Deedledee*
> *Beed fecht or een gat lickit,*
> *For Deedledum said Deedledee*
> *Hed spyl't his braa nyow ricket.*

> *Jist aan flew doun a wappin craa*
> *As blaik's Aal Nickie's weskit,*
> *An baith thon kempies breenged awaa,*
> *For fechtin ower disjeskit.*

"I ken fit ye're thinkin on," said Deedledum, "but it's nae
like aat ava, naegaits."

"Contergaits," Deedledee heild on, "gin it *wes* sae, it mith
be, an gin it *war* sae, it wad be, but sen it's nae, it's neen.
Aat's logic."

"I wes winnerin," said Ailice richt gentie-like, "fitna gait's
the best tae win out o iss wuidin, it's gettin aat mirkie. Wad
ye tell me, gin ye please?"

But the pudgie wee callants jist gomed at idder an snirtl't.

They lyeukit aat azacly like a pair o wappin muckle louns
fae the scweel at Ailice cwidna stap hersel fae pyntin her
finger at Deedledum an sayin "First loun!"

"Naegaits!" Deedledum scraacht out gleglie, an steekit his
mou again wi a knack.

"Neist loun!" said Ailice, passin on tae Deedledee, tho she
wes fell seer at he wad jist rowt out "Contergaits!", an aat's
fit he did.

"Ye've stertit the vrang wye!" scraicht Deedledum. "The
first thing ye dee on a veisit is say 'Fit like?' an shak hanns!"
An here the twa bridders gied idder a bosie, an syne heild out
the twa hanns at war free, tae shak hanns wi her.

Ailice wesna fain tae shak hanns wi aither o thaim first, for fear o miscomfittin the tidder; an sae, as the best redd-hann for the kinch, she cleikit a haad o baith the hanns at eence; an the neist mintie thay war duncin roun in a ring. Iss felt aa an haill naitral, she mynit efterhins, an she wesna even conflummixt tae hear meesic playin. It seem't tae be comin fae the tree they war duncin aneth, an it wes made, as weel's she cwid jalouse, wi the brainches skliffin een athort the tidder like fiddles an fiddlesticks.

"But it wes an unco ferlie, wes it," (Ailice said efterhins fan she wes tellin her sister the story o aa iss ongyaans), "tae finn mysel singin 'Roun the merry-ma-tansie!' I dinna ken fan I yokit til't, but somegaits I felt as gin I hed been singin't a lang lang file!"

The idder twa duncers war pudgie an gat bursen or lang. "Fower times roun is eneuch for ae dunce," pech't Deedledum, an they reistit wi the duncin as suddent as they hed yokit til't. The meesic devaal't at the samen mintie.

Syne they lowsit their haad on Ailice's hanns, an steed gomin at her for a filikie. There wes a fell ackwart haad-aff, sen Ailice didna ken fou tae stert a collieshangie wi fowk she hed jist been duncin wi. "Siccar it wadna dee tae say 'Fit like?' nou," she said tae hersel: "we seem tae hae gatten past aat somegaits!"

"I howp ye're nae ower sair forfochen?" she said at linth.

"Naegaits. An mony, mony thanks tae ye for speirin," said Deedledum.

"Richt muckle obleiged tae ye!" Deedledee eikit on. "Are ye fain o poetry?"

"Aye, fain eneuch—*some* poetry," Ailice said doutsome-like. "Wad ye tell me, gin ye please, fitna gait wull tak me out the wuidin?"

"Fat 'll I scrift aff tae her?" said Deedledee, gomin roun at Deedledum wi muckle sairious een, an nae takin tent o Ailice's quistion.

"'*The Horsefaal an the Caibinet-vricht*' is the langest," answer't Deedledum, giein his bridder a hertsome bosie.

Deedledee yokit til't in a gliff:

"The sun wes glentin—"

Ailice wes baal tae brak in. "Gin it's *unco* lang," she said as gentie-like as she cwid manage, "wad ye tell me first, gin ye please, fitna gait—"

Deedledee gied a douce wee smirkle, an yokit tee again:

The sun wes glentin on the sea,
*   Glentin wi aa his micht.*
He vrocht the best he cwid tae mak
*   The swaws aa smeeth an bricht.*
A ferlie iss indeed, for 't wes
*   The howe-dumb-deid o nicht.*

But dowie, dour an dortie wes
The glentin o the meen.
The sun, she thocht, shid bide awaa
Efter the day wes deen.
"Ach, fit a tyke he is," quo she,
"Tae spyle our cheerie teen!"

The sea wes weet as weet; the sann
As dry as dry cwid be,
The lift heild ne'er a cloud, an sae
A cloud ye cwidna see,
Nae birds war fleein heich abeen:
Nae birds war there tae flee.

The Horsefaal an the Caibinet-vricht
Gaed wachlin bye naarhan.
An govies, fou they grat tae see
Sic muckle fraachts o sann!
"Och, gin it aa war redd awaa,"
They said, "it wad be grann!"

"*Gin seiven besom-brayin deems*
  Soupit sax month on-stapp't,
Div ye jalouse," *the Horsefaal said,*
  "*They'd hae the haill strann scap't?*"
"*I sair misdout it,*" *said the Vricht,*
  An waesome tears he drapp't.

"*Aye, Eysters! Hae a daaner wi's!*"
  The Horsefaal gied inveit.
"*A lichtsome spang the sanns alang,*
  A shortsome claver wi't!
Come fower, wi ilkeen teen a hann,
  We'se nae be out o theit."

The aalest Eyster wafft his heid,
  Sae lourd, fae side tae side.
He gomed at him, he heild his wisht,
  A drochlin ee he gley'd,
Tae lat him ken his ettle wes
  Sauf in the scap tae bide.

But fower ying Eysters, tosh an snod,
  Tae jyne the spang did skeit.
Their faces aa war synit braa,
  Their sheen like gless did gleit,
An unco ferlie, for, ye ken,
  They hedna ony feet!

Fower Eysters mair cam efter thaim,
  An syne cam fower ahint,
Tae jyne the spang, a muckle thrang
  Richt gleg tae tak the dint,
Fae freithin swaws tae drouchty sanns
  Sprattl't wi ne'er a stint.

The Horsefaal an the Caibinet-vricht
  Stapp't on a mile or mair,
Syne on a hantie knablich steen
  They faal't their feeties fair.
An aa the little Eysters steed
  Raw'd up in gweed reel there.

"The hour hes come," the Horsefaal said,
  "Tae crack o mony things.
O sheen an ships an shoogie-boats,
  An castocks, cats an keings,
An fou it comes the sea shid byle,
  An fidder swine hae wings."

"But bide a wee," the Eysters peek't,
  "Afore we hae our crack!
We're bulfie, bursen wi the traik,
  An nae azacly swack!"
An thank't the Vricht fan he replied,
  "We's bide, it disna mak!"

"A cuttin laif," the Horsefaal said,
*   "Is fit we maistlins need.*
An spice an veinegar forbye
*   I'm seer is aafa gweed.*
Nou, gin ye're boun til't, Eysters dear,
*   We can yoke tee an feed!"*

"But nae on hus!" the Eysters gowlt,
*   Turnin richt blae o blee.*
"Efter sic kynness, aat wad be
*   A dowie thing tae dee!"*
"The nicht is braa," the Horsefaal said,
*   "The veisie fine tae see!*

"It wes fell gweed o ye tae come,
*   An och, ye're aafa nice!"*
The Caibinet-vricht said naethin but
*   "Cut us anidder slice!*
I wuss ye'd sweel your lugs out, min:
*   I've hed tae speir it twice."*

"It's vrangous, seer," the Horsefaal said,
*   "The breeties tae beguile!*
Efter we gart thaim treetle ower
*   The sanns a haill lang mile!"*
The Caibinet-vricht said naethin but
*   "Iss butter's like tae spyle."*

"A waesome mane I mak for ye!
*   I greet in dule an teen!"*
The Horsefaal said, file walin out
*   The mucklest breets ilkeen,*
Haadin his snifter-dichter up
*   Forenenst his flowein een.*

"Weel, Eysters," said the Caibinet-vricht,
"Our raik's been fine an braa.
Nou wull we daiker hame again?"
He hard nae answer—na,
Nae ferlie, for thay'd pang'd the kytes
O thon fell ladrons twa!

"I like the Horsefaal best," said Ailice, "acause he wes jist a wee thingikie vex't for the peer eysters."

"He ett mair nor the Caibinet-vricht, tho," said Deedledee. "Ye see, he heild his snifter-dichter forenenst him, sae's the Vricht cwidna count fou mony he glammach't: contergaits."

"Aat wes foutie!" said Ailice, her birse risin some. "Weel, I like the Caibinet-vricht best, gin he didna aet as mony as the Horsefaal."

"But he ett as mony as he cwid cleik," said Deedledum.

Aat wes a kinch. Efter a blink, Ailice begoud, "Weel! The baith o thaim war richt ill-hertit hempies—" But at iss mamen she stentit in a richt fleg, hearin somethin at sounit tae her like the feuchin o a muckle stame-ingine in the wuidin naarhan, tho she dreidit at it wes mair like tae be a wullyart baest. "Is there ony lions or teigers hereabouts?" she speir't timorsome-like.

"It's jist the Reid Keing snocherin," said Deedledee.

"Come an hae a teet at him!" the bridders guller't, an ilkeen cleikit a haad o een o Ailice's hanns, an airtit her up tae far the Keing wes sleepin.

"Is he nae a *loesome* sicht?" said Deedledum.

Ailice cwidna say aefaallie at he wes. He hed a lang reid houmit on his heid, wi a tossel, an he wes liggin runkl't up intae a kinna hudderie humplock, an snocherin out loud, "like tae snocher his heid aff!" as Deedledum obsairt.

"I misdout he'll get the caal fae liggin on the weetie girse," said Ailice, fa wes a rael cowtious little quinie.

"He's draemin nou," said Deedledee, "an fit div ye think he's draemin about?"

"Naebody can jalouse aat," said Ailice.

"Fegs, about *you*!" hoocht Deedledee, clapperin his hanns vauntie-like. "An gin he wes tae devaal fae draemin about ye, far div ye jalouse ye'd be?"

"Far I am eenou, in course," said Ailice.

"Na, faith ye!" rebattit Deedledee sneistie-like. "Ye'd be naeplace! Fegs, ye're naethin but some kinna thing in his draem!"

"Gin thon Keing wes tae waaken up," Deedledum eikit on, "ye'd ging out—flist!—like a cannle!"

"Na, I wadna!" guller't Ailice, richt taiver't. "Forbye, gin I'm naethin but some kinna thing in his draem, fit are *ye*, I wad like tae ken?"

"Samen," said Deedledum.

"Samen, samen!" scraicht Deedledee.

He raired iss aat loud at Ailice cwidna haad fae sayin "Wisht! Ye'll waaken him up, I dout, gin ye mak siccan a rammy."

"Weel, there nae eese *you* spickin about waakenin him up," said Deedledum, "fan ye're jist een o the things in his draem. Ye ken fine weel ye're nae rael."

"Aye but I *am* rael!" said Ailice, an stertit greetin.

"Ye'll nae mak yoursel a haet raeler wi greetin," Deedledee obsairt. "There naethin tae greet about."

"Gin I wesna rael," Ailice said—haafgaits laachin throu her tears, it aa seem't sae glaikit—"I *cwidna* greet."

"I howp ye dinna trou at aat's *rael* tears?" Deedledum interruppit in a fell sneistie vyce.

"I ken at they're jist haverin," Ailice thocht tae hersel, "an it's daft tae greet about it." An sae she dichtit awaa her tears, an heild on, as blythesome as she cwid manage, "Onygaits, I'll better haad my wye out o iss wuidin, for it's fair beginnin tae gloam. Div ye think it's gyaan tae rain?"

Deedledum spreid a muckle umberelly ower himsel an his bridder, an keekit up intil't. "Na, I dinna think it is," he said, "laestwyes, nae anunner here. Naegaits."

"But it mith rain *outbye*?"

"It mith, gin it likes," said Deedledee. "We dinna myn. Contergaits."

"Hame-drachtit limmers!" thocht Ailice, an she wes the weers o sayin "Gweed nicht" an winnin awaa, fan Deedledum lowpit out fae aneth the umberelly an cleikit her by the shackle.

"Dae ye see *aat*?" he said, in a vyce kinkin wi feem, an his een grew muckle an yalla aa in a gliff, as he pyntit wi a chitterin finger at a little fite thingikie liggin ablow the tree.

"It's naethin but a craamill," Ailice said, efter a tentie examination o the little fite thingikie. "Nae a wappin *craa*, ye ken!" she eikit on heistie-like, misdoutin he wes fleggit: "Jist an aal ricketie, rael aal an malafoustert."

"I kent it wes!" gowlt Deedledum, an stertit strampin about ragglish-like an ruggin his hair. "It's spyl't, in course!" An he gomed at Deedledee, fa dowpit doun stracht on the mouls an ettl't tae dern himsel aneth the umberelly.

Ailice laid her hann on his airm, an said douce an dillie-like, "Ye dinna need tae get sae fasht about an aal ricketie!"

"But it's nae neen aal!" Deedledum squallocht, in a muckler tirrivee nor iver, "It's *nyow*, I'm tellin ye—I bocht it the streen—my braa NYOW RICKET!" an his vyce bullert up tae a perfit scronach.

Aa iss time Deedledee wes straachlin the best he cwid tae faal up the umberelly wi himsel inbye't, the filk wes siccan a byornar thing tae dee at Ailice wes distrackit fae takin ony tent ava o the reid-wuid bridder. But he cwidna richt manage, an it feinisht up wi him fummlin ower, tursit up in the umberelly wi jist the heid o'm keekin out; an he liggit there aipenin an steekin his mou an his gryte muckle een, "lyeukin mair like a fish nor onythin idder," Ailice thocht.

"Ye'll gree tae fecht or een o's gets lickit, in course?" said Deedledum, a bittie mair quaetlins.

"Aye, I jalouse," the tidder answer't glumshie-like, spraachlin out the umberelly, "but thon quinie beed tae help us dossin up, ye ken."

An sae the twa bridders hochl't awaa hann for niv intil the wuidin, an wan back in a mintie wi their airms pang-fu o things: the likes o bowsters, blunkets, hairth-rugs, brodclaiths, dishclouts an coal-backets. "I howp ye're a braa hann at proggin preens an wappin strings?" Deedledum obsairt. "Ilkeen o aat thingies maan be pitten onnen's, somegaits or idder."

Ailice said efterhins at she hed niver seen siccan a carfuffle made about onythin in aa her life: the wye aat twa gaed scutterin about, an the hushle o things they pat ower theirsels, an the fasheries they gied her in wappin strings an festenin buttons: "Siccar, they'll be mair like toushties o aal claes nor onythin idder, or they're reddie!" she said til hersel, stellin a bowster roun the craig o Deedledee, "tae kep his heid fae gettin cuttit aff," as he said.

"Ye ken," he eikit on fell thochtie-like, "it's een o the maist sairious things at can possibly befaa ye in a fecht—tae get your heid cuttit aff."

Ailice laacht out loud, but managed tae turn it intil a hoast for fear she wad miscomfit him.

"Am I lyeukin aafa paewae?" said Deedledum, comin up til her tae get his basnet wappit on. (He *caa'd* it a basnet, tho for seer it lyeukit muckle mair like a stewpan.)

"Weel—aye—jist a *bittikie*," Ailice answer't douce-like.

"I'm fell crouse an baal maistlins," he heild on in a laich vyce, "but the day I jist happen tae hae an aafa sair heid."

"An I've gat an aafa sair teeth," said Deedledee, fa hed teen tent o iss obsair. "I'm a fair sicht waar aff nor ye!"

"Weel, ye'd better nae fecht the day," said Ailice, jalousin at iss wes a fell gweed chunce tae gar thaim gree.

"We *beed* tae hae a bittie o a fecht, but I'se be aisy gin we dinna haad on wi't ower lang," said Deedledum. "Fit's the time eenou?"

Deedledee keekit at his watch, an said "Haaf-five."

"Wull we fecht or sax, aan, an syne hae our denner," said Deedledum.

"Fine aat," the tidder said, some dowie-like, "an the quinie can watch us—but ye'd jist better nae win ower naarhan til's," he eikit on, "I maistlins ding aathin I can see, fan I'm raelly in a tirrivee."

"An *I* ding aathin I can rax til," gullert Deedledum, "fidder I can see't or nae!"

Ailice gied a snirtle. "Ye maan ding the trees fell aften, I wad jalouse," she said.

Deedledum gomed roun about him wi a pauchty smirk. "I dinna think there'll be ae tree stull staanin, for I ken na fou lang a wye roun, or we're deen wi't!"

"An aa jist for a ricketie!" said Ailice, stull howpin tae gar thaim think shame, jist a haet, for fechtin ower siccan a nignae.

"I wadna been sae pitten about," said Deedledum, "gin it hedna been a nyow een."

"I wuss the wappin craa wad come!" thocht Ailice.

"There jist the ae claymore, ye ken," Deedledum said tae 's bridder, "but ye can hae the umberelly; it's jist as sherp. But we beed tae get yokit swippert-like, it's gettin as mirk as it can."

"An mirker," said Deedledee.

It wes mirkenin sae suddentlie at Ailice thocht there maan be a thunnerspate comin on. "Fitten a hivvie blaik cloud aat is!" she said. "An fitten a steek it's makin! Fegs, I trou it's acwally gat wings!"

"It's the craa!" gowlt Deedledum in a fleggit skraich; an the twa bridders made their feet their freins an war out o sicht in a gliff.

Ailice ran a tae's linth intae the wuidin, an stappit aneth a muckle tree. "It canna iver rax tae me here," she thocht: "it's faar ower muckle tae pran itsel in amo the trees. But I wuss it wadna flaffer its wings sae roit-like: it's makin a fair rivin storm in the wuidin: here some wifie's fyaakie gettin byaaven awaa!"

CHAPTER V

Wou an Watter

She claucht a haad o the fyaakie as she spak, an gomed roun for the aaner o't. Ae mintie mair an the Fite Queen cam rinnin like gyte throu the wuidin, baith her airms streikit out wide as gin she war fleein; an Ailice gaed richt gentie-like wi the fyaakie tae meet her.

"I'm fell gled I happent tae be in the wye," Ailice said, helpin her tae pit her fyaakie on again.

The Fite Queen jist gomed at her in a maachtless, skeerie kinna wye, an gaed on ranin somethin ower tae hersel in a fusper at sounit like "Breid-an-butter, breid-an-butter," an Ailice jaloused at gin there war tae be ony corrieneuchin ava, she beed tae guide it hersel. An sae she yokit tee, some blate-like: "Am I addressin the Fite Queen?"

"Weel, aye, gin ye caa aat a-dressin," the Queen said. "It's nae my idaia o the thing at aa."

Ailice thocht it wad niver dee tae hae an argiement richt at the beginnin o their corrieneuchin, an sae she said wi a smirkle, "Gin Your Maijesty wad jist tell me the richt wye tae get yokit til't, I'se dee't as weel's I can manage."

"But I'm nae wuntin it deen ava!" grained the peer Queen. "I hae been a-dressin mysel for twa hours past!"

It wad hae been an aafa dael better, it seem't tae Ailice, gin she hed gatten some idder bodie tae dress her, sae byous hudderie as she wes. "There nae a thing at's nae ajee," Ailice thocht tae hersel, "an she's broddit fou o preens!—Mith I pit your fyaakie stracht for ye?" she eikit on out loud.

"I dinna ken fit's adee wi't!" the Queen said in a dowie-like vyce. "It's jist in an ull teen, I dout. I hae preent it here an preent it there, but it jist winna gree!"

"It canna ging stracht, ye ken, gin ye preen't aa tae the side like Gourock," Ailice said, richtin it doucelie for her, "an megstie me, fitten a sheemach your hair is!"

"The brush hes gatten fankl't intil't," the Queen said wi a souch, "an I tint the kaim the streen."

Ailice tentilie lowsit the brush fae the snorl, an vrocht the best she cwid tae redd the hair up. "Atweel, ye're lyeukin some better nou!" she said, efter shiftin maist o the preens. "But raelly ye shid hae a chaamer-quine!"

"I'm seer I'll be richt gled tae fee ye!" the Queen said. "Twa placks the ouk, an jam ilkie idder day."

Ailice cwidna haad fae laachin, as she said "I'm nae wuntin ye tae fee *me*; an I dinna care for jam."

"It's aafa gweed jam," said the Queen.

"Weel, I'm nae wuntin ony *the day*, onygaits."

"Ye cwidna hae't gin ye *war* wuntin't," the Queen said. "The rule is, jam the morn an jam the streen, but niver jam *the day*."

"It *maan* come tae 'jam the day' files," Ailice argied.

"Na, it canna," said the Queen. "It's jam ilkie *idder* day: the day's nae ony *idder* day, ye ken."

"I dinna winnerstaan ye," said Ailice, "it's fell kittlesome!"

"Aat's fit comes o leivin backlins," the Queen said kynlie. "It aye maks ye a bittie deizie tae stert wi—"

"Leivin backlins!" repaitit Ailice, fell stamagastert. "I niver hard o siccan a thing!"

"—but there ae bonnie betterment til't, for your mynin gings baith wyes."

"I'm seer *mine* jist gings the ae wye," Ailice obsairt. "I canna myn on things afore they happen."

"It's a dwaiblie kinna mynin at ainlie warks backlins," the Queen obsairt.

"Fitna things div *ye* myn on the best?" Ailice wes baal tae speir.

"Och, things at happent the ouk efter the neist," the Queen answer't tentless-like. "For ensample nou," she heild on, stappin a muckle daad o plaister on her finger file she wes spickin, "there the Keing's Messenger. He's in the jyle nou, gettin his fairins; an the plea disna even stert or neist Wednesday, an in course the crime comes lest o aa."

"An supposin he niver commits the crime?" said Ailice.

"Aat wad be sae muckle the better, wad it nae?" said the Queen, wappin the plaister onnen her finger wi a linth o ribbon.

Ailice cwidna gie ony na-say tae *aat*. "In course it wad be muckle the better," she said, "but it wadna be the better him gettin pynit for't."

"Ye're vrang *there*, onygaits," said the Queen. "Hae you iver gatten your fairins?"

"Jist for ull-deeins," said Ailice.

"An ye war aa the better for't, I ken!"

"Aye, but I *hed* deen the ull-deeins I gat pynit for," said Ailice. "Aat maks aa the difference."

"But gin ye *hedna* deen thaim," the Queen said, "aat hed been better stull: better, an better, an better!" Her vyce raise heicher wi ilkie "better", or at linth it wes jist a peerie-wee weeack.

Ailice wes jist stertin tae say "There a mistak somegaits—" fan the Queen yokit tae squallochin, sae loud at she beed tae haad her wisht on-feinisht the sentence. "Och! Och! Och!" gowlt the Queen, waffin her hann about as gin she wes ettlin tae shak it richt aff. "My finger's bleedin! Och! Och! Och! Och!"

Her scraichs war sae azacly like the fussle o a stame-ingine at Ailice beed tae haad baith her hanns ower her lugs.

"Fit's adee, for ony sake?" she said, finiver she hed a chunce o gettin her vyce hard. "Hae ye jobbit your finger?"

"I hinna jobbit it yet," the Queen said, "but I wull or lang— Och! Och! Och!"

"Fan div ye jalouse ye'll dee't?" Ailice said, feelin a fair bittie like laachin.

"Fan I preen up my fyaakie again," the peer Queen grained: "the breist-preen ull lowse itsel bedeen. Och! Och!" Jist as she said the wirds the breist-preen flew aipen, an the Queen lat glammach at it wi a ragglish skiff an ettl't tae hesp it again.

"Tak tent!" gullert Ailice. "Ye're haadin't aa gleyt-like!" An she claacht at the breist-preen, but it wes ower late: the preen hed skytit, an the Queen hed jobbit her finger.

"Aat's the raison o the bleedin, ye ken," she said tae Ailice wi a smirkle. "Nou ye'll winnerstaan the wye things happen here."

"But fit wye dae ye nae squalloch nou?" speirt Ailice, haadin her hanns reddie tae clap ower her lugs again.

"Atweel, I hae deen aa the squallochin aareddies," said the Queen. "Fat wad be the eese o haein it aa ower again?"

Or aan it wes gettin licht again. "The craa maan hae flown awaa, I jalouse," said Ailice. "I'm fair gled it's geen. I thocht it wes the nicht comin on."

"I wuss *I* cwid manage tae be gled!" the Queen said. "But I jist can niver myn on the wye o't. Ye maan be unco blythesome, bidin in iss wuidin an bein gled ony time ye like!"

"But it's aat *fell* lanesome here!" Ailice said in a dowie vyce, an at the thocht o her lanesomeness twa muckle tears cam trintlin doun her chouks.

"Och, dinna guide yoursel aat gait!" scraicht the peer Queen, vrythin her hanns in wanhowp. "Consither fitten a muckle quinie ye are. Consither fitten a langsome gait ye hae traivel't the day. Consither fit time it is by the nock. Consither onythin, but dinna greet!"

Ailice cwidna haad fae laachin at iss, een in the mids o her tears. "Can *ye* haad fae greetin wi consitherin things?" she speirt.

"Aat's the wye it's deen," the Queen said richt eendoun-like: "naebody can dee twa things at eence, ye ken. We cwid consither your age tae stert wi. Fou aal are ye?"

"I'm seiven an a haaf azacly."

"Ye dinna need tae say 'azacwally'," the Queen obsairt. "I can trou ye fine wuntin aat. Nou I'se gie *ye* somethin tae trou. I'm jist a hunner an een, five month an a day."

"I canna trou *aat*!" said Ailice.

"Can ye nae?" the Queen said peityin-like. "Mak ae ettle mair. Tak a lang braith, an steek your een."

Ailice laacht. "There nae eese tryin," she said. "A bodie *canna* trou things at's nae possible."

"I daarsay ye hinna hed muckle practice," said the Queen. "Fan I wes your age I aye ees't tae dee't for haaf an hour ilkie day. Fegs, files I hae trou'd as mony as sax on-possible things afore my brakwast. Och, there the fyaakie awaa again!"

The breist-preen hed geen lowse again file she wes spickin, an a suddent blowder o wunn wafft the Queen's fyaakie ower a little burnie. The Queen streikit out her airms again an gaed fleein efter't, an iss time she managed tae glammach it hersel. "Claucht it!" she gullert triumphant-like. "Nou ye're gyaan tae see me preenin it on again, aa my leen!"

"Weel aan, I howp your finger's better nou?", Ailice said richt gentie-like, stappin ower the little burnie efter the Queen.

"Oh, muckle better!" scronacht the Queen, her vyce raisin up tae a weeack as she heild on. "Muckle be-etter! Be-etter! Be-e-e-etter! Be-e-ehh!" The lest wird feinisht in a lang-stentit bae, sae muckle like a sheepie-meh at Ailice fair gat a gliff.

She gomed at the Queen, fa kytht tae hae happit hersel on a suddenty aa in wou. Ailice dichtit her een, an tyeuk anidder scunce. She cwidna winnerstaan avaa fit hed happent. Wes she in a chop? An wes aat raelly—wes it raelly a *yowe* at wes sittin on the tidder side o the counter? For as muckle as she cwid dicht, she cwid mak naethin idder o't: she wes in a mirkie wee choppie, leanin her elbucks on the counter, an forenenst her wes an aal Yowe sittin in a bow-cheir, wyvin, an nous an nans devaalin tae keek at her throwe a muckle pair o specs.

"Fit is't ye're wuntin tae buy?" the Yowe said at linth, keekin up for a mamen fae her wyvin.

"I dinna richtlie ken yet," Ailice said rael gentie-like. "I wad like tae tak a teet aa roun about ma, firstlins."

"Ye can tak a teet forenenst ye, an tae baith the sides o ye, gin ye please," said the Yowe; "but ye canna tak a teet *aa* roun about ye, binna ye hae een at the back o your heid."

But siccan a thing as aat Ailice happent *nae* tae hae, an sae she contentit hersel wi turnin roun an gomin at the skelfs as she cam til thaim.

The chop kytht tae be pang-fou o aakin kyn o fremmit things—but the maist unco pairt o the haill tot wes at ilkie time she gomed steive-like at ony skelf, ettlin tae mak out azacly fit it hed onnen't, aat parteiclar skelf wes ayewyes eendoun teem, foubeit the idders roun about it war stappit as fou as they cwid haad.

"Aathin trinnles about aafa here!" she said at linth, some dowie-like, efter she hed tint a mintie or twa dowlesslie follain a muckle skyrie thingie, at lyeukit files like a dallie an files like a shewin-box, an wes aye in the skelf richt abeen the een she wes gomin at. "An iss een is the maist angersome o thaim aa—but I'se tell ye fit I'll dee," she eikit on as a thocht cam til her on a suddenty, "I'll folla't richt up tae the tapmaist skelf o aa! It'll hae a richt kinch winnin throu the reef, I jalouse!"

But een iss ploy cam nae speed: the "thingie" gaed throu the reef as lown an quate as ye cwid hae, as gin it war parfit ees't wi't.

"Are ye a bairnie or a peerie?" said the Yowe, pickin up anidder pair o wyres. "Ye'll mak me deizie or lang, gin ye dinna devaal fae birlin roun like aat." She wes tyaavin awaa nou wi fowerteen pair at eence, an Ailice cwidna haad fae gomin at her in a fell stamagaster.

"Fitten wye can she wyve wi siccan a hantle?" the bambaizit quinie thocht tae hersel. "She gets mair an mair like a porcapene ilkie meinit!"

"Can ye rowe?" speirt the Yowe, giein her a pair o wyres as she wes spickin.

"Aye, a bittikie—but nae on the yird—an nae wi wyres," Ailice wes stertin tae say, fan aa on a suddenty the wyres turn't tae airs in her hanns, an she funn at they war in a little-wee boatikie, sloumin alang atweesh banks; sae there wes naethin tae dee but the best she cwid manage.

"Fedder!" baed the Yowe, pickin up anidder pair o wyres.

Iss didna soun like ony kyn o obsair at needit an answer, sae Ailice didna say eechie nor ochie but jist pou'd awaa at the airs. There wes somethin geyan unco about the watter, she thocht, for nous an nans the airs gat steekit fest intil't an wes the weers o nae comin back out ava.

"Fedder! Fedder!" gullert the Yowe again, takin mair wyres. "Ye'll be cleikin a partan or lang."

"A bonnie wee partan!" thocht Ailice. "I'd be richt fain o aat!"

"Did ye nae hear me sayin 'Fedder'?" gowlt the Yowe in a feem, pickin up a fair toushtie o wyres.

"Aye, atweel I did," said Ailice, "ye hae said it unco aften, an unco loud. Gin ye please, far's the partans?"

"In the watter, in course!" said the Yowe, steekin a hantle o the wyres intil her hair, sen her hanns war fou. "Fedder, I'm tellin ye!"

"Fit wye dae ye haad on wi sayin 'Fedder'?" speirt Ailice at linth, a wheen taivert. "I'm nae a bird!"

"Aye but ye are," said the Yowe, "ye're a daft little gowk."

Ailice wes a bittie fasht wi aat, an sae they claver't nae mair for twa-three minties as the boatie snuived quaetlins alang, files amo dosses o weed (at gart the airs steek fest in the watter waar nor iver afore), an files aneth trees, but aye wi the samen heich braes glowerin abeen their heids.

"Och, gin ye please! There a curnie sintit rashes!" Ailice hoocht, teen on a suddent wi blytheness. "Atweel there is, an fitten bonnie eens!"

"Ye nottna say 'gin ye please' tae me anent thaim," said the Yowe, nae een keekin up fae her wyvin. "I didna pit thaim there, an I'm nae gyaan tae tak thaim awaa."

"Na, but I meent—gin ye please, can we bide an pou a wheen o thaim?" Ailice priggit. "Gin ye dinna fash at stappin the boat for a mintie."

"Fou am *I* tae stap it?" said the Yowe. "Gin ye devaal wi the rowein it ull stap itsel."

An sae the boatie wes leeft tae drift doun the burnie as it likit, or it snuived doucelie in amo the waffin rashes. An syne the little sleeves war rowed up tentilie, an the little gardies gaed plypin in up tae the elbucks tae grup the rashes a gweed lang wye doun afore brakin thaim aff: an for a filie Ailice forgat aa about the Yowe an her wyvin, as she hang bou'd ower the side o the boatikie, wi jist the eyns o her fankl't lockers dookin intil the watter, file wi bricht aiverie een she cleikit ae doss efter anidder o the darlin sintit rashes.

"I jist howp the boatie winna fummle!" she said tae hersel. "Och, *fitten* a bonnie een! But I jist cwidna rax aa the wye til't!" An certies, it seem't a wee thing fashious ("aamaist as gin it war happenin willintlie," she thocht) at for aa she managed tae pou a fair haep o bonnie rashes as the boatie gaed snuivin past, there wes ayewyes a bonnier een stull at she cwidna rax til.

"The braaest eens is aye the faarest awaa!" she said at linth, souchin a wee at the thraavinness o the rashes for growein sae faar awaa, as wi reiden chouks an dreepin hair an hannies she sprattl't back intil her place an yokit tae sortin out her nyow-funn gowdies.

An fat reck't it tae her, jist aan, at the rashes hed begoud tae crine, an tae tyne aa their scent an their bonnieheid, fae the mamen she pou'd thaim? Een rael sintit rashes, ye ken, jist lest a peerie-wee filikie, an aat eens, naethin but draem-rashes, moutit awaa naarhan like snyaav, liggin ere in haeps at her feet—but Ailice tyeuk scarcelins ony tent o iss, she hed sic a bourach o idder keerious things tae think about.

They hedna wan muckle faarer or the bled o een o the airs gat steekit fest in the watter an wadna come back out (aat wes fou Ailice expleitit it efterhins), an the affcome wes at the hannle o't claucht her ablow the chin, an the maager o a tirl o little skraichs o "Och, och, och!" fae peer Ailice, it soupit her stracht affen her bink, an doun amo the haep o rashes.

Fousomiver, she wesna skaitht, an wes up again or lang. The Yowe heild on wi her wyvin aa the file, as gin naethin hed happent. "Aat wes a bonnie partan ye cleikit!" she obsairt as Ailice wan back ontae the bink, fair relieved tae finn at she wes stull intil the boatie.

"Wes't? I didna see't," said Ailice, keekin tentie-like ower the side o the boat intil the drumlie watter. "I wuss I hedna latten it awaa: I'd fair like tae see a little partan tae tak hame wi me!" But the Yowe jist snichert sneistie-like an heild on wi her wyvin.

"Is there a fouth o partans here?" said Ailice.

"Partans aye, an aakin kyns o things," said the Yowe: "a richt bourach o things for ye tae wale, but ye beed tae mak up your myn. Nou, *fit* is't ye're wuntin tae buy?"

"Tae buy?" Ailice rebattit, haaflins dumfounert an haaflins fleggit—for the airs an the boatie an the river hed eelie't awaa in a gliff, an she wes back again in the mirkie wee choppie.

"I'd like tae buy an eggie, gin ye please," she said blate-like. "Fou dae ye sell thaim?"

"Five placks an a bodle for een, twa placks for twa," answer't the Yowe.

"Twa's chaper nor een, aan?" said Ailice, ferliein a bittie, an takin out her spung.

"But ye *beed* tae aet the baith o thaim, gin ye buy twa," said the Yowe.

"Weel aan, I'll jist tak een, gin ye please," said Ailice, pittin the siller doun on the counter. For she thocht tae hersel "Aiblins they wadna be mou-fraachty ava, ye ken."

The Yowe tyeuk the siller an stappit it awaa in a boxie, an syne she said "I niver pit things intae fowk's hanns—aat wad niver dee—ye maan fesh it yoursel." An sayin sae, she hochl't awaa tae the tidder eyn o the choppie, an sat the eggie upricht on a skelf.

"I winner fit wye it wadna dee?" thocht Ailice, grapplin the gait amo the brods an cheirs, for the chop wes rael pick-mirkie at the back-eyn. "The eggie seems tae win farder awaa, the mair I gae stappin the wye o't. Lat's see, is iss a cheir? Fegs, it's gat brainches, I avou! Fitten a ferlie tae finn trees growein here! An here acwally a little burnie! Atweel iss is the maist unco-like choppie I hae iver seen!"

Sae she gaed on, ferliein mair an mair at ilkie stap, sen aathin turn't tae a tree the mintie she wan til't, an she wes seer at the eggie wad dee the samen thing.

CHAPTER VI

Humphy Dumphy

Fousomiver, the eggie jist gat mair an mair muckle, an mair an mair like a man-bodie, an fan she hed wan twa-three yairds fae't, she saa at it had een, a neb an a mou, an fan she wes cam richt up close til't, she cwid mak out fine at it wes HUMPHY DUMPHY sel an same. "It canna be onybody idder!" she said tae hersel. "I'm as siccar o't as gin his name wes vrutten aa ower his face!"

It mith hae been vrutten a hunner times, nae badder, ower aat wappin muckle gizz. Humphy Dumphy wes sittin plet-leggit like a Turk, on the tap o a heich waa: siccan a nerra een at Ailice wes fair bleckit fou he cwid haad his balance; an sen his een war airtit steive-like tae the opposite gait, an he tyeuk-na the peeriest tent o her, she thocht he maan be naethin but a stappit dummy efter aa.

"An is he nae jist azacly like an eggie!" she said out loud, staanin wi her hanns reddie tae kep him, for she wes expeckin him ilkie mamen tae tummle.

"It's *sairlie* fashious," said Humphy Dumphy efter a lang seilence, gomin awaa fae Ailice as he spak, "tae be caa'd an 'eggie'— *sairlie* fashious!"

"I said ye *lyeukit* like an eggie, sir," Ailice expounit gentie-like. "An there some eggies at's fell bonnie, ye ken," howpin tae gar her obsair soun mair like a fraise.

"An there some fowk," said Humphy Dumphy, gomin awaa fae her as eeswal, "at hes nae mair sinse nor a little-wee bairnie."

Ailice didna ken fit tae say tae iss: it wesna like a cor-rieneuchin ava, for he niver said onythin tae *her*: deed, his lest obsair wes seeminly airtit til a tree. An sae she steed an ranit ower quaetlins tae hersel:—

"Humphy Dumphy sat on a waa,
Humphy Dumphy hed a sair faa.
Aa the Keing's cuddies an aa the Keing's knichts,
Cwidna come ony speed at pittin Humphy Dumphy tae
    richts."

"Thon lest line is faar ower lang for the poetry," she eikit on, aamaist out loud, forgettin at Humphy Dumphy cwid hear her.

"Dinna staan yatter-yatterin tae yoursel like aat," said Humphy Dumphy, gomin at her for the first time, "but tell me your name an fit ye're ettlin at here."

"My *name* is Ailice, but—"

"Fit kinna glaikit name is aat?" Humphy Dumphy interruppit cuttit-like. "Fit dis it mean?"

"Dis a name hae tae *mean* somethin?" speirt Ailice doutsome-like.

"Atweel it maan!" said Humphy Dumphy wi a snirt o a laach. "My name means the shap I am, an a richt braa an bonnie shap it is forbye. Wi a name like yours ye mith be ony shap, aamaist."

"Fit wye dae ye sit out here aa your leen?" said Ailice, fa wesna ettlin tae stert an argie-bargie.

"Atweel, acause there naebody wi me!" gullert Humphy Dumphy. "Did ye think I didna ken the answer tae *aat* een? Speir anidder een!"

"Dae ye nae think ye'd be mair siccar doun on the yird?" Ailice heild on, nae wi ony idaia o giein him anidder guess, but jist fae her kyn-hertit thochtiness for the unco craitur. "Aat waa's affa, affa nerra!"

"Fit aafa aisy guesses ye speir!" gurl't Humphy Dumphy. "In course I dinna think aat! Fegs, gin I iver wes tae faa aff—there nae chunce o't, but *gin* I wes tae—" An here he lirkit his lips, an lyeukit aat heich-bendit an pauchty at Ailice cwid scarcelins haad fae laachin. "*Gin* I *war* tae faa," he heild on, "*The Keing hes gien me his hecht*— aye, ye can turn paewae gin ye like! Ye didna think I was gyaan tae say *aat*, did ye! *The Keing hes gien me his hecht—richt een wi his ain mou*— tae—tae—"

"Tae senn aa his cuddies an aa his knichts," Ailice inter-ruppit, nae verra mensefu-like.

"Nou, I'se warran ye, aat's jist nae tae thole!" gowlt Humphy Dumphy, brakin out intil a suddent feem. "Ye maan hae been harkenin at doors—an ahint trees—an doun lums—or ense ye cwidna hae kent aat!"

"Na, siccar I hinna!" Ailice said richt gentie-like. "It's in a byeuk!"

"Ach, weel aan! Aiblins they get tae screive the likes o aat in a *byeuk*. Aat's fit ye caa a History o Scotland, atweel is't. Nou, tak a gweed an tentie scunce at me! I'm a cheil at hes claver't wi a Keing, am I: aiblins ye'll niver see siccan anidder, an tae preive tae ye at I'm nae neen vaudie, ye can tak a grup o my hann!" An he smirkit aamaist fae lug tae lug,

bouin furrit (an comin as naar as cwid be tae tummlin aff the waa as he bou'd) an bodin Ailice his hann. She gomed at him thochtie-like as she cleik't it. "Gin he wes tae smirk muckle mair the wicks o's mou mith meet ahint," she thocht: "an syne I kenna *fit* wad come o his heid! I misdout it wad faa aff!"

"Aye, aa his cuddies an aa his knichts," Humphy Dumphy heild on. "They wad pick me up in a mintie, atweel *they* wad! Fousomiver, iss corrieneuchin is gyaan furth a thocht ower swippertlie. Lat's ging back tae the saicont-lest obsair."

"I dout I canna jist caa't tae myn," said Ailice, unco gentie-like.

"Weel aan, we beed tae stert aa ower again," said Humphy Dumphy, "an it's my shot tae pick a subjec—" ("He clavers about it jist as gin it war a gemm!" thocht Ailice.) "Sae here a quistion for ye. Fou aal did ye say ye war?"

Ailice tyeuk a mintie or twa tae wirk it out, an said "Seiven year an sax month."

"Vrang!" Humphy Dumphy exclaimed vauntie-like. "Ye niver said ony siccan a thing!"

"I thocht ye meint 'Fou aal *are* ye?'" Ailice expounit.

"Gin I hed meint aat I wad hae said it," said Humphy Dumphy.

Ailice still wesna ettlin tae stert anidder argie-bargie, sae she didna say onythin ava.

"Seiven year an sax month!" Humphy Dumphy repaitit pensefu-like. "Aat's nae a verra codgie age tae be. Nou, gin ye'd speirt for my wycins, I'd hae said 'Quit at seiven'—but it's ower late nou."

"I niver speir for wycins anent growein up!" Ailice said taivert-like.

"Ower pauchtie, are ye?" speirt the tidder.

Ailice gat een mair cantl't up at siccan a norie. "I mean," she said, "at a bodie canna help growein aaler!"

"Aiblins a bodie canna help aat," said Humphy Dumphy, "but a bodie can help a bodie tae help it. Wi the richt kyn o forderin, ye mith hae devaal't at seiven."

"Fitten a braa belt ye're weirin!" obsairt Ailice suddentlie. (They war fair scunnert wi claverin about age, she thocht; an gin they war raelly tae tak chunces each at pickin subjecs, it wes *her* shot nou.) "Laestweys," she correckit hersel on saicont thochts, "a braa gravit, I shid hae said—na, a belt—I mean—I beg your pardon!" she eikit on, fell pitten about, for Humphy Dumphy lyeukit tae be richt sair struntit, an she begoud tae wuss she hedna walit aat subjec. "Och gin I cwid jist be seer," she thocht til hersel, "filk wes the craig an filk the midrit!"

It wes eith tae see at Humphy Dumphy was rael reid wuid, tho he didna say ocht for twa-three minties. Fan he yokit tae spickin again, it wes in a howe an grunchin gurr.

"It is a—*fell*—*fashious*—thing," he said at linth, "fan a bodie disna ken a gravit fae a belt!"

"I ken it's unco glaikit o me," said Ailice, aat dounhaaden-like at Humphy Dumphy wes a wee thing dillt.

"It's a gravit, my quinie, an a richt braa een as ye say. It's a present fae the Fite Keing an Queen. Sae ye ken nou!"

"Deed, is't nou?" said Ailice, quite cantie at finnin at she *hed* cheisen a gweed subjec efter aa.

"They gied me it," Humphy Dumphy heild on pensefu-like, plettin ae knee ower the tidder an chappin his hanns roun't, "they gied me it—in an on-birthday present."

"I beg your pardon?" Ailice said, lyeukin fell conflummixt.

"I'm nae neen fasht," said Humphy Dumphy.

"I mean, fit *is* an on-birthday present?"

"A present a bodie gies ye fin it's nae your birthday, in course."

Ailice consithert iss for a mintie. "I like birthday presents best," she said at lest.

"Ye dinna ken fit ye're bletherin about!" scraicht Humphy Dumphy. "Fou mony days is there in a year?"

"Three hunner saxty-five," said Ailice.

"An fou mony birthdays hae ye?"

"Jist the een."

"An gin ye tak een awaa fae three hunner saxty-five, fit's leeft?"

"Three hunner saxty-fower, in course."

Humphy Dumphy lyeukit fell doutsome. "I'd raider see aat vrutten doun on paper," he said.

Ailice cwidna haad fae smirklin as she tyeuk out her jotter an wirkit out the sum for him:

$$
\begin{array}{r}
365 \\
\underline{1} \\
364
\end{array}
$$

Humphy Dumphy tyeuk the jotter an gomed at it tentilie. "Aat seems tae be richtlie deen—" he begoud.

"Ye're haadin't tapsalteerie!" Ailice interruppit.

"Aye, siccar wes I!" Humphy Dumphy said blythelie, as she fumml't it roun til him. "I thocht it lyeukit a bittie orra. As I wes sayin, aat *seems* tae be richtlie deen, foubeit I hinna the time tae read it ower tentilie eenou—an at preives at there three hunner saxty-fower days fan ye mith get on-birthday presents—"

"Aye, nae dout," said Ailice.

"An jist the *een* for birthday presents, ye ken. There glory tae ye!"

"I dinna ken fit ye mean by 'glory'," said Ailice.

Humphy Dumphy gied a sneistie kyn o smirkle. "In course ye dinna ken—or I tell ye. I meint "There a bonnie cowp-the-creel argie tae ye!"

"But 'glory' disna mean 'a bonnie cowp-the-creel argie'," Ailice conter't.

"Fan I eese a wird," Humphy Dumphy said, some mockrife-like, "it means jist fit I cheise it tae mean, an naethin idder."

"The quistion is," said Ailice, "fidder or nae ye *can* gar wirds mean sae mony different things."

"The quistion is," said Humphy Dumphy, "filk een is tae be the heid pilliedacus—an aat's the haill o't."

Ailice wes ower bambaizit tae say onythin, an sae efter a mintie Humphy Dumphy yokit tee again: "They're unco thraavin, some o thaim—verbs in parteiclar, they're the maist consaity—adjectives ye can dee onythin wi, but nae verbs—fousomiver, *I* can manage the haill bourach o thaim! Imparmigination! Aat's fit *I* say!"

"Wad ye tell me, gin ye please," sait Ailice, "fit aat means?"

"Nou ye're spickin like a wyce-like bairnie!" said Humphy Dumphy, lyeukin rael cantie. "I meint by 'imparmigination' at we're jist about stappit fou wi aat subjec, an it wad be jist as weel gin ye war tae lat me ken fit ye're ettlin tae dee neist, sen I jalouse ye're nae mintin tae bide here aa the lave o your days."

"Aat's a richt muckle hushloch o meanin tae gie ae wird," Ailice said pensefu-like.

"Fin I tirraneise a wird wi as sair a darg as aat," said Humphy Dumphy, "I aye gie't extra pey."

"Och!" said Ailice. She wes ower bambaizit tae mak ony idder obsair.

"Aye, ye shid see thaim comin roun tae me on a Setterday's forenicht," Humphy Dumphy heild on, shoggin his heid sairious-like fae side tae side, "for tae get their waadges, ye ken."

(Ailice wes ower blate tae speir o'm fit he peyed thaim wi, an sae ye'll jalouse at I canna tell *ye*.)

"Ye seem tae be richt knackie at expounin wirds, sir," said Ailice. "Wad ye kynlie tell me the meanin o the poem caa'd '*Yammerjocky*'?"

"Lat's hear't," said Humphy Dumphy. "I can expoun aa the poems at's iver been inventit, an a fair hantle at hesna been inventit or nou."

Iss sounit fine an howpfu, an sae Ailice scriftit aff the first verse:—

> "'*T wes brendrie, an the glackie taves*
> *Did preel an prummle in the grairt.*
> *Fou frumlie war the burrygaves,*
> *An the wous blumphs feepsnair't.*"

"Nou, aat's eneuch tae be gettin on wi," Humphy Dumphy interruppit. "There a fair bourach o kittlesome wirds there. '*Brendrie*' means fower in the efterneen, fan ye get yokit tae *branderin* the maet for your sipper."

"Aat ull dee jist fine," said Ailice; "an '*glackie*'?"

"Weel, '*glackie*' means 'glitterie an swack'. Like a pockmanty, ye ken, twa meanins stappit thegidder intil the ae wird."

"Aye, I see't eenou," said Ailice pensefu-like. "An fit's '*taves*'?

"Weel, *taves* is a bittie like brocks—a bittie like hedderesks—an a bittie like corkscrowes."

"They maan be aafa queer-lyeukin craiturs."

"Aye, atweel they are," said Humphy Dumphy. "An forbye, they bigg their nests aneth dial-steens, an forbye, they maet theirsels on kebbuck."

"An fit's tae '*preel*' an tae '*prummle*'?"

"Tae *'preel'* is tae pirl roun like the seed o a tree: a plane-tree, ye ken. Tae *'prummle'* is tae prog wee bores like a wummle."

"An I jalouse at *'the grairt'* ull be the gair o girse roun a dial-steen?", said Ailice, fair vogie fit knackie she wes bein.

"Aye, siccar it is. An it's caa'd the *'grairt'*, ye ken, acause it streiks a lang wye afore it, an a lang wye ahint it—"

"An a lang wye ayont it on ilkie side: deed, tae aa the airts," Ailice eikit on.

"Aye, azacly. Weel aan, *'frumlie'* means "frush an drumlie": there anidder pockmanty for ye. An a *'burrygave'* is a shilpit, tousie-lyeukin bird, wi the fedders o't stertin out aagaits, somethin like a leivin breem-besom."

"An syne *'wous blumphs'*?" said Ailice. "I dout I'm giein ye an unco traachle."

"Weel, a *'blumph'* is a kinna blae grumphie, but I'm no jist richt seer about *'wous'*. I think it's "awaa fae the hous" said cuttie-like, meanin at they war forwannert, ye ken."

"An fit dis *'feepsnair't'* mean?"

"Weel, *'feepsnairin'* is somethin atweesh rairin an feeplin, wi a kinna sneeze in the mids o't. Ye'll aiblins hear it deen fan ye win doun tae thon wuidin, an fan ye've hard it jist the eence ye'll be *richt* fain. Fa's been scriftin ower aa thon kittlesome troke tae ye?"

"I read it in a byeuk," said Ailice. "But I *hed* a kennin poetry scriftit tae me, muckle aisier nor aat, fae—Deedledee, I think it wes."

"Spickin about poetry, ye ken," said Humphy Dumphy, streikin out een o his wappin hanns, "*I* can scrift aff poetry as weel as idder fowk, gin it shid come tae aat."

"Och, there nae need for it tae come tae aat!" said Ailice heistilie, howpin tae haad him fae yokin tee.

"The screid I'm gyaan tae recite," he heild on athout takin tent o her obsair, "wes componit aa an haill for your divert."

Ailice thocht at sen aat wes the wye o't she raelly *shid* harken til't, an sae she sat doun an said "Thank ye," a wheen dowie-like.

> "In Winter, fan the parks is fite,
> I sing iss sang for your delyte—

but I jist dinna sing it," he eikit on for an expleit.

"I see at ye dinna," said Ailice.

"Gin ye can *see* fidder I'm singin it or nae, ye maan hae sherper een nor maist fowk," Humphy Dumphy obsairt steivelie. Ailice said naethin.

> "In Spring, fan wuids is turnin green,
> I'se try tae tell ye fit I mean."

"Thank ye richt braalie," said Ailice.

> "In Simmer, fan the days is lang,
> Ye'll aiblins winnerstaan the sang.
>
> In Hairst, fan aa the leaves is broun,
> Tak pen an ink, an vreit it doun."

"I wull, gin I can haad it in mynin aat lang," said Ailice.

"Ye dinna need tae keep on makin aa thon obsairs," said Humphy Dumphy. "There nae sinse til thaim, an they jist hinner me."

> "I screivit tae the fish ae day,
> I telt thaim 'Iss is fit I'd hae.'
>
> The fishies o the sea tyeuk tent:
> A swippert answer seen they sent.

> *The fishies' answer cam tae me:*
> *'We canna dee't, sir, for ye see—'"*

"I dout I'm nae winnerstaanin ye richt," said Ailice.
"It gets aisier faarer on," Humphy Dumphy answer't.

> *"I sent the fish anidder screid:*
> *'I've telt ye, an ye'd best tak heed.'*
>
> *The snirtlin fishies answer't seen,*
> *'Fegs min, ye're in a gey ull teen!'*
>
> *I telt thaim eence, I telt thaim twice,*
> *Thay wadna heed my wittins wyce.*
>
> *I tyeuk a muckle glentin kettle,*
> *Gweed for my mirk an deidlie ettle.*
>
> *My hert gaed hitch, my hert gaed dump,*
> *I full't the kettle at the pump.*
>
> *But syne there cam an eeran-loun:*
> *An said, 'The fish are beddit doun.'*
>
> *I said tae him, I said it plain,*
> *'Weel, ye maan raise thaim up again.'*
>
> *I said it clair, I said it heich,*
> *Richt in his lug wi frichtsome skreich.*

Humphy Dumphy heisit up his vyce aamaist tae a skelloch scriftin ower iss verse, an Ailice thocht, wi a shither, "I wadna hae been the eeran-loun for *onythin!*"

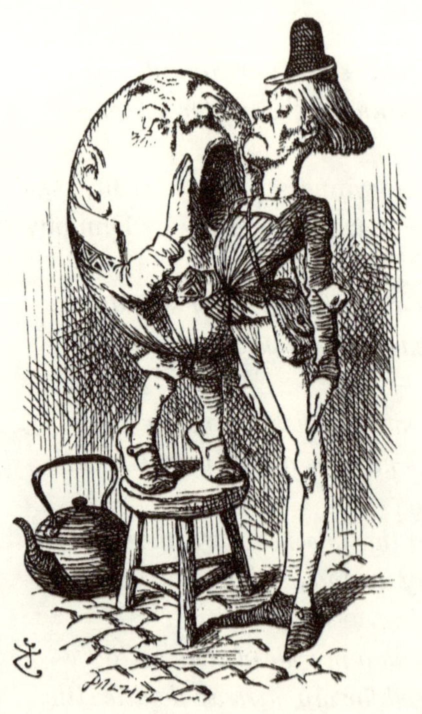

"But he jist said, richt full an steive,
'Ye needna skreich, ye're like tae deive.'

An he jist said, richt steive an full,
'I'se ging an raise thaim, gin ye wull—'

I tyeuk a corkscrowe fae the kist,
An gaed tae waak thaim wi a flist.

An fan I funn the door wes stap't,
I rugg't an dunch't an fung'd an chap't.

An fan I funn the door wes shut,
I tried tae caa the hannle, but—"

Naethin mair wes said for a lang spell.

"Is aat it aa?" speirt Ailice blate-like.

"Aat's it aa," said Humphy Dumphy. "Fare weel tae ye."

Iss wes jist a haet suddent, Ailice thocht; but efter siccan an unco forcie mint at she beed tae gyang her gait, she didna think it wad be verra gentie tae bide. Sae she steed up an heild out her hann. "Fare weel, or neist we meet!" she said, as blythesome as she cwid manage.

"I wadna ken ye again gin we *war* tae meet," Humphy Dumphy answer't in a dortie kyn o wye, giein her een o his fingers tae shak. "Ye're jist sel an sib tae idder fowk."

"Eeswally it's fowk's faces ye ettle tae recognise thaim by," Ailice obsairt pensie-like.

"Aat's jist fit I'd compleen about," said Humphy Dumphy. "Your face is jist the same as fit aabody else hes: the twa een, like iss—" (merkin their places in the air wi his thoum) "neb in the mids, mou in ablow. Nou gin ye hed your twa een on the samen side o your neb, for ensample—or your mou up at the tap—aat wad be some eese."

"It wadna lyeuk bonnie!" Ailice conter't. But Humphy Dumphy jist steekit his een an said "Bide or ye hae tried it."

Ailice steed for a mintie tae see gin he wad spick again, but sen he niver aipen't his een nor tyeuk ony mair tent o her, she said "Fare weel tae ye!" eence mair, an nae gettin ony repone, daanert quaetlins awaa. But she cwidna haad fae sayin tae hersel as she stappit on, "Weel, o aa the onsatisfactorie—" (she repaitit iss wird, for it wes a fell confort tae hae siccan a braa lang wird tae say), "o aa the onsatisfactorie fowk I hae iver met—" She niver feinisht the sentence, for at iss mamen a wechtie reemish shoggl't the wuidin fae eyn tae eyn.

CHAPTER VII

The Lion
an the Unicorn

The neist mamen, sodgers cam rinnin throwe the wuidin, firstlins in twas an threes, syne ten or twinty thegidder, an at lest in siccan a thrangitie at the haill wuidin seem't tae be swarrachin wi'm. Ailice dernit hersel ahint a tree, for fear she wad get brouselt, an gomed at thaim breengin past.

She thocht at niver in aa her days hed she seen sodgers sae shoogly on their feet. They war aye hyterin ower ae thing or anidder, an finiver een o'm gaed doun a hantle mair aye stachert ower him, sae at the grunn wes aye kivert wi little bings o bodies.

Syne cam the horse. Sen they hed fower feet, they managed some better nor the sodgers, but thaim an aa, they hytert nous an nans, an it seem't tae be a raiglar rule at finiver a horse stachert the rider stracht awaa tumml't aff. The heeligoleerie gat waar ilkie meinit, an Ailice wes fell gled tae win out the wuidin intae an aipen steid, far she funn the Fite Keing, sittin on the yird, screivin eidentlie in his jotter.

"I hae sent the haill rangle o'm!" the Keing hoocht in a delytit vyce, seein Ailice. "Did ye happen tae see ony sodgers, my daatie, fan ye war comin throwe the wuidin?"

"Atweel I did," said Ailice: "fower or five thousan, I wad jalouse."

"Fower thousan twa hunner an seiven, aat's the nummer azacly," said the Keing, takin a teet at his jotter. "I cwidna senn aa the horse, ye ken, acause twa o'm's needit in the gemm. An I hinna sent the twa messengers naider. Baith o'm's gaen tae the toun. Jist gome backlins up the gait an tell me gin ye can see aider o'm."

"Naebody—naebody I can see on the gait," said Ailice.

"I wuss I hed een like aat!" the Keing obsairt in a peingin kinna vyce. "Ye can manage tae see Naebody! An aat hyne awaa, forbye! Fegs, it's as muckle as I can dee tae see rael fowk in iss licht!"

Aa iss wes tint on Ailice, fa wes stull gomin eidentlie up the gait, scoggin her een wi her hann. "I see somebody nou!" she exclaimed at lest. "But he's comin fell latchie-like—an fit unco poseitions he's gyaan intil!" (For the Messenger wes aye linkin an jinkin up an doun, wammlin like an eel, as he cam doun the gait, wi his wappin-gryte hanns spreid out like fans on ilkie side.)

"Na, nae ava," said the Keing. "He's a Pictish messenger, an thon's Pictish poseitions. He jist performs thaim fan he's feelin mirkie. His name is Malkyne." (The wye he said it pit Ailice in myn o the Queen's fyaakie.)

"I loe my lufe wi an M," Ailice cwidna haad fae stertin, "acause he's Mirkie. I hate him wi an M acause he's Munsie. I fed him wi—wi—wi Mashlum-bannocks an Moss-brummles. His name is Malkyne, an he bides—"

"He bides on the Muir," the Keing made the hameilt obsair, wi nae the peeriest idaia at he wes jynin in the gemm, or Ailice cwid myn o the name Maggieknockater. "The tidder messenger's caa'd Hattare. I maan hae twa, ye ken, tae come an gyang. Een tae come, an een tae gyang."

"I beg your pardon?" said Ailice.

"It's nae wycelike tae beg," said the Keing.

"I jist meint at I didna winnerstaan," said Ailice. "Fit wye een tae come an een tae gyang?"

"Am I nae tellin ye?" the Keing repaitit fuffie-like. "I maan hae twa, tae fesh an cairry. Een tae fesh, an een tae cairry."

At iss mamen the Messenger arrived: he wes faar ower bursen tae say eechie or ochie, an cwidna dee ocht but flaffer his hanns about, an mak the maist ugsome murgeons at the peer Keing.

"Iss ying deemikie loes ye wi an M," the Keing said, presentin Ailice in howps o turnin the Messenger's attention awaa fae himsel; but it was nae eese ava, the Pictish poseitions jist gat mair byornar ilkie meinit, file the gryte muckle een gaed wammlin fae side tae side like hey-ma-nanny.

"Ye're pittin me in a terrificaation!" said the Keing. "I'm faain in a drowe: gie's a mashlum-bannock!"

Syne the Messenger, tae Ailice's fair divertin, aipent a pyockie at wes hingin roun his craig, an hannit a bannock tae the Keing, fa gilravitch't it richt gutsie-like.

"Anidder bannock!" said the Keing.
"There naethin but moss-brummles leeft nou," said the Messenger, keekin intil the pyockie.

"Moss-brummles aan," the Keing rounit in a peerie-wee fusper.

Ailice wes gled tae see at it gart him cour a fair bittie. "There naethin like aetin moss-brummles fan ye're feelin drowie," he obsairt tae her as he gumsh't awaa.

"I wad hae thocht at jowin caal watter ower ye wad be better," said Ailice, "or some snoukin-saats."

"I didna say there wes naethin *better*," said the Keing, "I said there wes naethin *like* it." An aat Ailice didna ettle tae renay.

"Fa did ye ging bye on the gait?" the Keing heild on, haadin his hann out tae the Messenger for some mair moss-brummles.

"Naebody," said the Messenger.

"Aye, aat's richt," said the Keing, "iss ying deemikie saa him forbye. Sae in course, Naebody gings mair latchie-like nor you."

"I dee my best," said the Messenger in a dortie vyce. "I'm seer naebody gings muckle mair swippert-like nor me."

"He canna dee aat," said the Keing, "or ense he'd hae wan here first. Fousomiver, nou at ye're nae out o wunn an fobbin ony mair, ye can tell us fit's been happenin in the toun."

"I'll fusper't," said the Messenger, pittin his hanns til his mou in the shap o a tooteroo an loutin doun sae's tae win naar tae the Keing's lug. Ailice wes vex't at iss, for she wes aiverie tae hear the wittins hersel. Fousomiver, insteid o fusperin, he jist scronacht at the tap o his vyce, "They're yokit tee again!"

"Is aat fit ye caa a fusper?" gullert the peer Keing, lowpin up an giein himsel a shog. "Gin ye dee siccan a thing again I'll hae ye butter't! It gaed richt throwe my heid like a yirdquaak!"

"It beed tae be a rael peerie-wee yirdquaak," thocht Ailice. "Fa's yokit tee again?" she wes baal tae speir.

"Atweel, the Lion an the Unicorn, in course," said the Keing.

"Fechtin for the Croun?"

"Aye, siccar," said the Keing: "an the best o the baar is at it's *my* croun aa the time! Come on we'se rin an see thaim." An they gaed troddlin awaa, Ailice scriftin ower til hersel as she ran the wirds o the aal sang:

The Lion an the Unicorn war fechtin for the croun,
The Lion bate the Unicorn aa roun the toun.
Some fowk gied thaim fite breid, some fowk gied thaim broun,
Some fowk gied thaim black bun an ruff't thaim fae the toun.

"Dis—the een—at beirs the gree—get the croun?" she speirt, as weel's she cwid, for the rin wes fair garrin her fob an pech.

"Fegs, na!" said the Keing. "Fitten a norie!"

"Wad ye—be gweed eneuch—" Ailice hechl't out, efter rinnin a bittikie faarer, "tae reist a mintie—jist sae's tae get—my wunn again?"

"I'm *gweed* eneuch," said the Keing, "but I'm nae *strang* eneuch. Ye see, a mintie gings bye at siccan an aafa lick. Ye mith as weel ettle tae reist a Glampigleek!"

Ailice hed nae mair braith tae spick wi, an sae they gaed troddlin awaa on-said eechie or ochie, or they wan intae sicht o a muckle bourach, wi the Lion an the Unicorn fechtin in the mids o't. They war in siccan a smuir o stew at she cwidna firstlins mak out filkeen wes filk, but she managed or lang tae tell the Unicorn by his horn.

They pat theirsels close tae far Hattare, the tidder Messenger, wes staanin gomin at the fecht, wi a tassie o tea in the tae hann an a fang o breid an butter in the tidder.

"He's jist gat lowsit fae the jyle, an he hedna feinisht his tea fan he gaed in," Malkyne fuspert tae Ailice, "an they dinna gie thaim ocht but eyster-shalls in ere—sae ye'll see at he's fell yaap an drouthy. Fit like, my bonnie bairnikie?" he heild on, pittin his airm hertsome-like roun Hattare's craig.

Hattare keekit roun an gied a wee beck, an heild on wi his breid an butter.

"War ye blythesome in the jyle, my bonnie bairnikie?" said Malkyne.

Hattare keekit roun eence mair, an iss time a tear or twa gaed treetlin doun his chouk, but the niver a wird wad he say.

"Spick, can ye nae!" gullert Malkyne cuttit-like. But Hattare jist gumsh't awaa, an drank a drappie mair tea.

"Spick, wull ye nae!" gullert the Keing. "Fou're they gettin on wi the fecht?"

Hattare, wi a frichtsome straachle, swalla'd a muckle moufae o breid an butter. "They're gettin on fine an braa," he said in a kinkin craichle. "Ilkeen o thaim hes cowpit ower about aachty-seiven times."

"Atweel, I jalouse they'll seen fesh the fite breid an the broun?" Ailice wes baal tae speir.

"It's bidin on thaim eenou," said Hattare; "Iss is a fang o't I'm aetin."

The fechtin devaal't jist aan, an the Lion an the Unicorn dystit doun, pechin, file the Keing rowtit out "Ten meinits gien for time tae maet yoursels!" Hattare an Malkyne yokit tee richt awaa, cairryin roun servers o fite an broun breid. Ailice tyeuk a fang tae pree, but it wes *aafa* haskie.

"I dinna think they'll fecht ony mair the day," the Keing said tae Hattare. "Awaa an bid the drums yoke tee." An Hattare gaed spangin awaa like a girselowper.

Ailice steed quaetlins for twa-three meinits, gomin efter him. Suddentlie she brichtent up. "See til aat, see til't!", she gullert, pyntin aiverie-like. "There the Fite Queen rinnin ower the mouls! She cam fleein out the wuidin ower thonder: fegs, but fit a lick thon Queens can rin!"

"There some faeman efter her, nae dout," the Keing said, nae even turnin his heid. "Aat wuidin's pang-fou o thaim."

"But are ye nae gyaan tae rin an help her?" Ailice speirt, fell dumfounert at he shid tak it sae quaet-like.

"Nae eese, nae eese!" said the Keing. "She rins aat fleysome swippertlie. Ye mith as weel ettle tae nick a Glampigleek! But I'll mak a memorandum o't, gin ye like—She's a loesome kynlie craiturie," he ranit quaetlins tae himsel, aipenin his memorandum byeuk. "Dae ye spell *craiturie* wi an 'ea' or an 'ae'?"

At iss mamen the Unicorn cam daanerin by thaim, wi his hanns in his pouches. "I bure the gree iss time!" he said tae the Keing, wi jist a glent tae'm as he gaed bye.

"Aye, a wee bittie, a wee bittikie," the Keing answer't, a bittie timorsome-like. "Ye shidna hae proggit him throwe wi your horn, ye ken."

"It didna dee him ony hairm," the Unicorn said tentlesslie; an he wes haadin on fan his ee happent tae licht on Ailice. He immedantlie birl't roun an steed for a filie gomin at her, lyeukin aa an haill scunnert.

"Fit—is—iss?" he said at linth.

"Iss is a bairnie!" Malkyne answer't aiverie-like, spangin forenenst Ailice tae present her, an spreidin baith his hanns out til her in a Pictish poseition. "We jist fann it the day, sae muckle's tae mak an a maachty haep mair!"

"I aye thocht thon war ferlies fae fables!" said the Unicorn. "Is it leivin?"

"It can spick!" said Malkyne eernest-like.

The Unicorn gomed at Ailice dwaamie-like an said "Spick, bairnie!"

Ailice cwidna haad her lips fae pirlin intae a smirkle file she yokit tee wi "Ye ken, I ayewyes thocht Unicorns war ferlies fae fables forbye! I niver saa a leivin een afore!"

"Atweel, nou at we hae seen idder," said the Unicorn, "gin ye'll trou on me, I'll trou on ye. Hae we a paction?"

"Aye, gin ye like," said Ailice.

"Come on, fesh ben the black bun, aal mannie!" the Unicorn heild on, turnin fae her tae the Keing. "Neen o your broun breid for me!"

"Aye, siccar, siccar," the Keing mumpit, an waggit on Malkyne. "Aipen the pyockie!" he fuspert. "Swippert! Na, nae aat een: aat's fou o moss-brummles!"

Malkyne tyeuk a muckle black bun out the pyockie an gied it tae Ailice tae haad, file he brocht out an ashet an a gullie. Fou they aa cam out on't Ailice cwidna jalouse. It wes jist like a warlock's cantrip, she thocht.

The Lion hed jynit wi thaim file iss wes haadin furrit. He lyeukit unco forfochen an dozent, an his een war haaflins steekit. "Fit's iss?" he said, blinterin latchie-like at Ailice, an spickin in a howe boss vyce at sounit like the dirlin o a muckle bell.

"Aye, fit *is* it nou?" gullert the Unicorn aiverie-like. "Ye'll niver jalouse! *I* cwidna!"

The Lion gomed at Ailice wabbit-like. "Are ye animal—or vegetable—or mineral?" he said, gantin at ilkie saicont wird.

"It's a ferlie fae fables!" scraicht the Unicorn afore Ailice cwid gie ony repone.

"Atweel, pass roun the black bun, Ferlie," said the Lion, liggin doun an ristin his chin on his leefs. "An sit doun, the baith o ye," (tae the Keing an the Unicorn): "fair hornie wi the black bun, ye ken!"

The Keing wes seeminly fell wanrestie haein tae sit atweesh the twa wappin baests, but there wes nae idder steid for him.

"Fitten a tuilie we cwid hae for the croun *nou*!" the Unicorn said, keekin sleelie up at the croun, filk the peer Keing wes naarhan shooglin aff his heid, sae sair wes he chitterin.

"I'd beir the gree nae badder!" said the Lion.

"I'm nae sae siccar o aat," said the Unicorn.

"Fegs, I baet ye aa roun the toun, ye chucken!", the Lion answer't, sounin richt fasht, an ettlin tae rise as he wes spickin.

The Keing interruppit aan tae stap the argie-bargie cairryin on: he wes unco timorsome an his vyce wes rael chitterie. "Aa roun the toun?" he said. "Aat's a fair lang wye. Did ye ging roun by the aal brig, or by the mercat stance? Ye get the braaest veisie fae the aal brig."

"I dinna ken, aat's for seer," the Lion gurl't out, liggin doun again. "There wes ower muckle stuir tae see onythin. Fitten a time the Ferlie's takin tae sned the black bun!"

Ailice hed sitten hersel doun on the bank o a little burnie, wi the muckle ashet on her knees, an wes saain eidentlie awaa wi the gullie. "It's richt fashious, is it!" she said in repone tae the Lion (she wes gettin quite ees't tae bein caa'd "the Ferlie"). "I hae sneddit a hantle fangs aareddies, an they aye jyne thegidder again!"

"Ye dinna ken fou tae manage Keekin-gless kyaaks," the Unicorn obsairt. "Hann it roun first, an sned it efterhins."

Iss sounit like buff an styte, but Ailice steed up rael bousome-like an cairriet the ashet roun, an the black bun pairtit itsel intae three fangs as she gaed. "*Nou* sned it," said the Lion, as she wan back tae her place wi the teem ashet.

"Heely! Iss is nae fair!" scraicht the Unicorn, as Ailice sat wi the gullie in her hann, fell bambaizit fou tae yoke tee. "The Ferlie's gien the Lion twice as muckle as me!"

"She hesna hainit neen for hersel, onygaits," said the Lion. "Dae ye like black bun, Ferlie?"

But afore Ailice cwid gie him ony answer, the drums begoud.

Far the dirdum cam fae she cwidna tell: the lift seem't tae be pang-fou o't, an it gaed dirlin throwe an throwe her heid or she felt hersel aa an haill deived. She spang'd tae her feet, an lowpit ower the little burnie in fricht,

an hed jist eneuch time tae see the Lion an the Unicorn heise theirsels up tae their feet, lyeukin richt fasht at gettin interruppit in their gilravitch, or she loutit doun tae her knees an clappit her hanns ower her lugs, ettlin in vain tae shut out the fleysome dundeerie.

"Gin *aat* disna 'ruff thaim fae the toun'," she thocht tae hersel, "naethin iver wull!"

CHAPTER VIII

"It's My Ain Invention"

Efter a filie the dirdum seem't gradwally tae dwyne awaa, or aa wes deid lown an quaet, an Ailice heystit her heid up, some fleggit. There wesna naebody tae see, an her first thocht wes at she maan hae been draemin about the Lion an the Unicorn an thon unco Pictish Messengers. Fousomiver, there wes the muckle ashet stull liggin at her feet, far she hed ettl't tae sned the black bun. "Sae I wesna draemin efter aa," she said tae hersel, "binna—binna we're aa pairts o the samen draem. But I'm fair howpin at it's my draem an nae the Reid Keing's! I dinna like belangin anidder bodie's draem," she heild on in a girnie kinna vyce: "I've a fell gweed myn tae ging an waaken him, an see fit happens!"

At iss mamen her thochts war interruppit wi a loud guller o "Hooch! Hooch! Check!" an a Knicht, happit in crammasie armour, cam wallopin doun on til her, waggin a muckle rung. Jist fan he rax't up til her, the horse stappit suddentlie. "You're my preisoner!" the Knicht hoocht, as he tumml't aff his horse.

Fluchtit tho she wes, Ailice wes mair frichtit for him nor for hersel at thon mamen, an lyeukit til him some thochtie-like as he gat muntit again. As seen as he wes beinlie setten in the saidle, he yokit tee again wi "You're my—" but nou anidder vyce brak in wi "Hooch! Hooch! Check!", an Ailice keekit roun in a bittie o a stamagaster for the new-come faeman.

Iss time it wes a Fite Knicht. He cam til a stap at Ailice's side, an tumml't aff his horse jist as the Reid Knicht hed deen; syne he wan on again, an the twa Knichts sat an gomed at idder a file on-spoken. Ailice lyeukit fae the teen tae the tidder in a fair bambaizement.

"She's *my* preisoner, ye ken!" the Reid Knicht said at linth.

"Aye, but syne *I* cam an lowsit her!" answer't the Fite Knicht.

"Weel aan, we beed tae fecht for her," said the Reid Knicht, takin up his basnet (the filk wes hingin fae the saidle, an wes naarhan the shap o a horse's heid) an pit it on.

"Ye'll heed the Rules o Bargane, in course?" obsair't the Fite Knicht, pittin on his basnet tee.

"I aye dee aat," said the Reid Knicht; an they gat yokit tae dunchin an dirdin idder wi siccan a tirrivee at Ailice gaed ahint a tree tae be out the wye o the dunts.

"I winner, nou, fit the Rules o Bargane are," she said til hersel, tentin tae the fecht an keekin blate-like out fae her hidie-hole. "Ae rule seems tae be at gin ae Knicht yowffs the tidder he cowps him aff his horse, an gin he misses he tummles aff himsel—an anidder Rule seems tae be at they haad their rungs wi their airms as gin they war Punch an Judy—Fitna reemish they mak fan they tummle! Jist like a haill set o taings an sheels cowpin intae the chimley-neuk! An fit douce the horses are! They lat thaim sclim onnen an affen thaim jist as gin they war brods!"

Anidder Rule o Bargane at Ailice hedna teen tent o seem't tae be at they aye fell doun on their heids; an the fecht feinisht wi the baith o thaim faain aff like aat, side by side. Fan they gat onnen their feet again, they gruppit hanns, an syne the Reid Knicht muntit an gaed binnerin aff.

"It wes a glorious victory, wes it nae?" said the Fite Knicht, as he cam up pechin.

"I dinna ken," said Ailice doutsome-like. "I'm nae wuntin tae be onybody's preisoner. I'm wuntin tae be a Queen."

"Aye, an ye wull, fan ye've crosst ower the neist burn," said the Fite Knicht. "I'll see ye sauf tae the eyn o the wuidin; an syne I beed tae ging back, ye ken. Aat's the eyn o my meeve."

"Mony thanks tae ye," said Ailice. "Can I help ye aff wi your basnet?" It wes eith tae see at it wes mair nor he cwid manage his leen; fousomiver, she managed tae shak him out o't at linth.

"Nou a bodie can braithe mair aisy-like," said the Knicht, pittin back his hudderie hair wi baith hanns, an turnin his gentie face an muckle lithesome een tae Ailice. She thocht she hed niver seen siccan an unco-like sodger in aa her life.

He wes graith't in tin armour at seem't tae hing about him fell tuckie, an he hed an unco-shapit wee buist o fir-wid hankit athort his shouthers, tapsalteerie, wi the lid hingin aipen. Ailice gomed at it fell keerious-like.

"I see at ye're admirin my little buistie," the Knicht said freinly-like. "It's my ain invention, tae haad claes an pieces in. Ye see fou I cairry it tapsalteerie, sae's the rain canna get in."

"But the things can get *out*," Ailice obsairt gentie-like. "Dae ye ken at the lid's aipen?"

"I *didna* ken aat," the Knicht said, a scog o fasherie flittin ower his face. "Sae aa the things maan hae faa'n out! An the buistie's nae eese wuntin thaim." He lowsit it as he spak, an wes jist awaa tae fling it intae the busses, fan an idaia cam tae him on a suddenty, an he hang it tentilie on a tree. "Can ye jalouse fit wye I did aat?" he said tae Ailice.

Ailice shoggit her heid.

"In the howp at a curnie bees mith bigg their byke intil't— syne I wad get the hinnie."

"But ye hae a bee-skep, or somethin like een, fessent tae your saidle," said Ailice.

"Aye, it's a richt bonnie bee-skep," the Knicht said girnie-like, "een o the braaest kyn. But niver ae single bee hes come naar til't or nou. An the tidder thing is a mous-faa. I jalouse at the mice haad the bees out, or the bees haad the mice out, I dinna ken filkeen it is."

"I wes winnerin fit the mous-faa wes for," said Ailice. "It's nae verra lickly there wad be ony mice on the cuddie's back."

"Aiblins nae *aafa* lickly," said the Knicht, "but gin they *dee* come, I dinna chuise tae hae thaim rinnin hidder an yont."

"Ye see," he heild on efter takin a stent, "it's as weel tae be reddie-boun for *aathin*. Aat's the raison the horse hes aa thon jougs roun his cweets."

"But fit are they for?" Ailice speirt rael keerious-like.

"Tae waird agin the bites o brigdies," answer't the Knicht. "It's an invention o my ain. An nou help me on. I'll gyang wi ye tae the eyn o the wuidin. Fit's thon ashet for?"

"It's meent for black bun," said Ailice.

"We'd better tak it wi's," the Knicht said. "It'll be eesefu gin we finn ony black bun. Help me tae stap it intae iss pyockie."

Iss tyeuk a lang file tae manage, tho Ailice heild the pyockie aipen richt tentilie, for the Knicht wes unco hannless at pittin the ashet in: the first twa-three times he made the ettle he tumml't in himsel insteid. "It's a richt pran, ye ken," he said fan at lang linth they gat it stappit in, "there siccan a hantle o cannlesticks in the pyockie." An he hang it onnen his saidle, the filk wes aareddies laidit wi dosses o carrots, taings an sheels, an a bourach o idder orrals.

"I howp ye hae your hair weel hankl't on?" he heild furth, as they tyeuk the gait.

"Jist the eeswal wye," Ailice said wi a smirkle.

"Aat's nae naarhan eneuch," he said thochtie-like. "Ye see, the wunn is aafa, aafa strang here. It's as strang an bang as bree."

"Hae ye inventit a ploy for haadin hair on-byaaven aff?" Ailice speirt.

"Nae yet," said the Knicht, "But I hae a ploy for haadin it on-*faan* aff."

"I'd fair like tae hear it."

"First, ye tak an upricht stick," said the Knicht. "Syne, ye gar your hair creep up it, like a freet-tree. Nou the raison hair faas aff is acause it hings *down*: naethin iver faas *upwart*, ye ken. It's a ploy o my ain upmakin. Ye can try it gin ye like."

It didna soun like a verra aisefu ploy, Ailice thocht; an for a mintie or twa she gaed quaetlins furrit, thinkin on the kittlesome norie, an nous-an-nans stappin tae help the peer Knicht, fa certies wes *nae* a gweed rider.

Finiver the horse stappit, (the filk it did rael aften), he tumml't aff afore, an finiver it gaed on again (the filk it maistlins did rael suddentlie), he tumml't aff ahint. Iddergaits he heild on weel eneuch, binna he kyth't tae mak a tred o tummlin aff sidelins nous-an-nans, an sen he maistlins chaise the side far Ailice wes gyaan, she lairnt or lang at her best prattick wes nae tae walk verra close tae the horse.

"I dout ye hinna haen muckle practeisin at ridin," she wes baal tae say, helpin him up fae his fift clyte.

The Knicht lyeukit tae be unco bambaizit, an some angert, at aat obsair. "Fit gars ye say aat?" he speirt, spraachlin back intae the saidle, keepin a grup o Ailice's hair wi ae hann tae haad himsel fae cowpin ower on the tidder side.

"Acause fowk dinna tummle aff jist aat aften, fan they hae haen muckle practeisin."

"I hae haen plenty practeisin," the Knicht said, fell sairious-like: "plenty practeisin!"

Ailice cwidna think on naethin better tae say nor "Deed, an is aat richt?", but she said it as hertsome-like as she cwid. They heild on for a bittikie efter iss, the Knicht wi his een steekit, mummlin tae himsel, an Ailice takin heedful tent for his neist pergaddis.

"The gryte skeel o ridin," the Knicht begoud suddentlie, richt loud out, an waffin his richt airm as he spak, "is tae haad—" Here the sentence feinisht as suddentlie as it hed stertit, fan the Knicht cowpit wi a clyter on the tap o's heid azacly in the gait far Ailice wes walkin. She wes fair fleggit iss time, an said thochtie-like as she heistit him up. "I howp ye hinna braken ony beens?"

"Neen at's wirth the spickin o," the Knicht said, as gin he didna myn brakin twa or three o thaim. "The gryte skeel o ridin, as I wes tellin ye, is—tae haad your balance the richt gait. Like iss, ye ken—"

He lowsit his haad o the branks an streikit out baith his airms tae shaa Ailice fit he meint, an iss time he cowpit flatlins on his rig-been, richt ablow the horse's hivs.

"Plenty practeisin!" he ranit ower an ower, aa the time fan Ailice wes heistin him ontil his feet again. "Plenty practeisin!"

"Och, it's jist ower glaikit!" gullert Ailice, tynin aa her patience iss time. "Ye'd be better wi a widden cuddie on wheels, atweel ye wid!"

"Dis aat kyn ging smeethlie?" the Knicht speirt, sounin fair interestit, an cleikin his airms roun the horse's craig as he wes spickin, jist in time tae haad himsel fae tummlin aff again.

"Faar mair smeethlie nor a leivin horse," Ailice said wi a wee bicker o a laach, the maager o aa she cwid dee tae hinner it.

"I'se get een," the Knicht said pensefu-like tae himsel. "Een or twa—a curnie."

Aathin wes quaet for a filikie efter iss, an syne the Knicht heild furth again. "I'm a richt dab hann at inventin things. Nou, I daar say ye obsairt, the lest time ye heistit me up, at I wes lyeukin a bittie pensefu?"

"Siccar, ye were a thochtie sairious," said Ailice.

"Weel, jist at aat mamen I wes inventin a nyow wye o gettin ower a yett. Wad ye like tae hear it?"

"Aye, richt weel I wad!" said Ailice gentie-like.

"I'll tell ye fou I cam tae think on't," said the Knicht. "Ye see, I said tae mysel 'The ainlie diffeequalty is wi the feet: the *heid*'s heich enyow aareddies.' Nou, first I pit my heid on tap o the yett—syne the heid's heich enyow—syne I staan on my heid—syne the feet's heich enyow—an syne I'm ower, ye see?"

"Aye, I jalouse ye'd be ower fan aat wes deen," Ailice said pensefu-like: but dae ye nae think it wad be a bittie kittlesome?"

"I hinna tried it yet," the Knicht said eernest-like, "sae I canna say for certies—but I misdout it *wad* be a thochtie kittlesome."

He seem't aat taivert at the idaia at Ailice chyngit the subjec swippertlie. "Fitten an unco-like basnet ye hae!" she said mirkie-like. "Is aat your invention forbye?"

The Knicht gomed doun pauchtilie at the basnet, hingin fae the saidle. "Aye," he said, "but I hae inventit a better een nor aat: like a candybrod. Fan I ees't tae weir it, gin I fell aff the horse it aye tiggit the moul stracht awaa, sae's I haed jist a peerie-wee distance tae faa, ye see. But certies, there wes the danger o faain *intil*'t. Aat happent tae me ae time, an the warst o't wes at afore I cwid win out again, the tidder Fite Knicht cam an pit it on. He thocht it wes his ain basnet."

The Knicht lyeukit aat sairious thinkin on't at Ailice didna daar tae laach. "I dout ye maan hae skaitht him," she said in a chitterin vyce, "wi sittin on the tap o's heid."

"I beed tae fung him, in course," the Knicht said rael sairious-like. An syne he tuik the basnet aff again—but it tuik hours an hours tae get me out. I wes as fest as—as levin-flaucht, ye ken."

"But aat's a different kyn o festness," Ailice conter't.

The Knicht shoggit his heid. "It wes aakin kyn o festness wi me, I rede ye!" he said. He heistit up his hanns in a feerich as he said iss, an immedantlie gaed fummlin out the saidle an cowpit heelster-gowdie intil a deep sheuch.

Ailice gaed rinnin tae the idder side o the sheuch tae seek him. His tummle hed gien her a bittie o a gliff, sen for a filie he hed heild on unco weel, an she wes feart at he wes raelly skaitht iss time. Fousomiver, tho she cwidna see naethin but the howes o his feet, she wes fair confortit tae hear him claverin awaa jist as eeswal. "Aakin kyn o festness," he repaitit, "but it wes unco tentless o'm tae pit on anidder cheil's basnet—wi the cheil intil't forbye."

"Fitten rodd can ye haad on wi claverin as quaetlins as aat, wi your heid pyntin doun?" speirt Ailice, ruggin him out by his feet an layin him doun in a humplock on the bink.

The Knicht lyeukit tae be some bambaizit wi the quistion. "Fit recks it far my corp happens tae be?" he said. "My ingyne haads on wi its darg aa the same. Fac, the mair heids-doun I am the mair I haad furrit wi inventin nyow trokes."

"Nou, the skeeliest thing o aat kyn at I iver managed," he heild on efter stentin a wee filie, "wes inventin a nyow puddin in the mids o the maet course."

"In time tae hae't reddie for the neist course?" said Ailice. "Atweel aat wes a swippert ploy!"

"Weel, nae the *neist* course," said the Knicht, richt latchie an pensefu-like, "nae the neist *course*"

"Weel, it wad hae tae be the neist day. I dinna think ye wad hae twa puddin-courses in the ae denner?"

"Weel, nae the *neist* day," the Knicht repaitit jist as afore, "nae the neist *day*. Acwally," he gaed on, bouin his heid doun an his vyce gettin laicher an laicher, "I dinna trou at aat puddin iver *wes* reddie! Fac, I dinna trou at aat puddin iver *will* be reddie! An for aa aat, it wes an unco crafty puddin tae invent."

"Fit did ye mean it tae be made o?" Ailice speirt, howpin tae kittle him up, for the peer Knicht seem't tae be fair in the howes anent it.

"It stertit wi blottin-paper," the Knicht answer't wi a grain.

"Aat wadna be verra gustie, I dout—"

"Nae verra gustie its *leen*," he interruppit, rael aiverie-like, "but ye hinna a norie fit a difference it maks mellin it wi idder things, like gunpouther an sealin-wax. An here I maan lea ye." They hed jist wan tae the eyn o the wuidin.

Ailice cwidna dee ocht but lyeuk pichert; she wes thinkin on the puddin.

"Ye're dowie," said the Knicht, fell thochtie-like. "Wull ye lat me sing ye a sang, tae gie ye a bittie aisement?"

"Is it verra lang?" Ailice speirt, for she hed hard a richt haep o poetry aat day.

"It's lang," said the Knicht, "but it's unco, *unco* bonnie. Aabody at hears me singin it—aider it brings the tears tae their een, or ense—"

"Or ense fit?" said Ailice, for the Knicht hed come tae a suddent stap.

"Or ense it disna, ye ken. The name o the sang is caa'd '*Haddocks' Een*'."

"Aye, aat's the name o the sang, is't?" Ailice said, ettlin tae feel interestit.

"Na, ye dinna winnerstaan," the Knicht said, lyeukin a wee bittie fasht. "Aat's fit the name o the sang is *caa'd*. The name raelly *is* '*The Eildit Eildit Cheil*'."

"Sae I shid hae said 'Aat's fit the *sang* is caa'd'?" Ailice correckit hersel.

"Na, ye shidna: aat's anidder thing aathegidder! The *sang* is caa'd '*Wyes an Moyens*', but aat's jist fit it's *caa'd*, ye ken!"

"Weel, fit *is* the sang, aan?" said Ailice, fa wes bambaizit aa an haill or nou.

"I wes comin tae aat," the Knicht said. "The sang raelly is '*A-Sittin on a Yett*', an the teen is my ain invention."

Sayin iss, he reistit his horse an lat the rynes faa ontil its craig, an syne, slaalie baetin the time wi the tae hann, an wi a dwaamie smirkle lichtin up his douce, donnart face, as gin he wes enjyein the meesic o his sang, he yokit tee.

O aa the ferlies at Ailice saa in her vaigins Throwe the Keekin-Gless, iss wes the een at she aye heild the maist veivelie in myn. Mony year efterhins she cwid caa the haill ongyaan back again, as gin it war nae farder awaa nor the streen—the douce blae een an gentie smirkle o the Knicht—the sun at its doungang glentin throwe his hair, an leamin on his armour in a bleeze o licht at fair daizl't her—the horse meevin quaetlins about, the rynes hingin lowse on his craig, moupin the girse at her feet—an the blaik shaddaes o the wuidin ahint—aa iss she tyeuk in like a pictur, as wi the tae hann scoggin her een she leant against a tree, gomin at the unco pair, an harkenin, haaflins in a dwaam, tae the dowie meesic o the sang.

"But the teen's nae raelly his ain invention," she said tae hersel, "it's '*Kilmarnock*', at we sing in the Kirk ilkie twa-three ouks." She steed harkenin richt tentilie, but nae tears cam tae her een.

"I'se tell ye aa, I'se tell it weel,
    Tho seen ye mith forget:
I saa an eildit, eildit cheil,
    A-sittin on a yett.
'Fa are ye, eildit cheil?' I pleep't.
    'An fit's yer darg, forbye?'
An throwe my heid his answer seep't
    Like watter throwe a sye.

Said he 'I seek for ettercaps
    At sleep amo the corn,
I shap thaim intae stewie-baps,
    An sell thaim ilkie morn.
I sell thaim tae the lads fa beed
    Sail furth on gowstie seas,
An aat's the wye I earn my breid:
    A pucklie, gin ye please.'

But I wes thinkin on a plan
    Tae litt your fuskers green,
An eese sae big an braa a fan
    At aye they'd bide nae seen.

Sae, sen I'd nae repone tae gie
    Tae thon aal cheil's clish-clash,
I gullert 'Fit's the darg ye dree?'
    An dunch't him on the pash.

Sae douce an quaet he spak tae me:
    'I vaig ower heicht an howe,
An fan a pirlin burn I see
    I set it in a lowe.
An wirk it tae a pommet swack
    Tae sleek your sheemach hair:
But aa I get for 't's jist a plack:
    It isna verra fair!'

But I wes thinkin on a skame
    Tae mait yoursel on flour,
An gome the growein o your wame
    Wi ilkie passin hour.
I shuik an shogg't him or his gizz
    Wes blae as blaewart's bell:
'Nou, fit an far your leivin is
    I'm fain tae hear ye tell!'

He said, 'I raik for haddocks' een,
    Amo the hedder bricht,
An wirk thaim intae pynts for sheen
    Aa throwe the seilent nicht.
Nae gowden geinies come tae me,
    Nor siller shillins fine:
My darg's jist wirth a broun baabee:
    The price I speir for nine.

An files I dig for buttered baps,
  Wile mochs tae pirlie-piggs,
An files I raik the mountain taps
  For wheels o cairts an gigs.
An aat's the wye (he gied a wink)
  I win a plack or twa,
An blythelie wad I tak a drink
  Tae wuss ye slàinte mhath.'

I hard him, for I'd made a plan,
  A ploy at cwidna fail,
Balgownie's Brig tae haad on-faa'n
  By bilin it in ale.
I cunn'd him muckle thank, for nou
  I kent his laabours aa,
An maistlins for his ettle true
  Tae wuss me slàinte mhath.

An nou, gin e'er I chunce tae pit
    My hanns in bilin bree,
Or gyte-like gnidge a richt-hann fit
    Intae a caar-hann shee,
Or drap a funnsteen on my tae
    A frichtsome pran tae get,
I beed tae greet, I'm mynit sae
O thon aal cheil I met aat day,
Wi dowie vyce an chouks wan-blae,
An hair like sea-maa's fedders gray,
An camshach nib like partan's tae,
An een like fires on Hogmanay,
Fa seem't bou'd doun wi dule an wae,
An trumml't like a bairn in fray,
An boich't or ilkie wird he'd say
Cam blatterin like the spate o Spey,
An yammer't like a sheepie-mae,
At e'en thon langsyne simmer's day,
    A-sittin on a yett."

As the Knicht sang the hinmaist wirds o the ballant, he geddered up the rynes, an turn't his horse's heid alang the gait they hed traivel't. "Ye hinna but twa-three yairds tae gyang," he said, "doun the brae an ower thon little burnie, an syne ye'll be a Queen—But ye'll bide an see me aff on my wye first?" he eikit on as Ailice turn't roun, gomin aiverie-like the airt he wes pyntin til. "I winna haad ye lang. Ye'll bide, an waff your napkin fan I win tae thon benn in the gait. I think it'll gie my spreits a lift, ye ken."

"Siccar I'll bide," said Ailice: "an muckle thank tae ye for comin aa iss lang wye—an for the sang, I likit it fine weel."

"I howp ye did," the Knicht said doutsome-like, "but ye didna greet as muckle as I thocht ye wad."

Sae they gruppit hanns, an syne the Knicht gaed ridin slaalie awaa intil the wuidin. "It winna tak lang tae see him *aff*, I dout," Ailice said til hersel, as she steed gomin efter him. "There he gaes! Richt on his heid, as eeswal! Fousomiver, he gets on again wi nae muckle fash. Aat's wi haein sae mony thingumdairies hingin roun the horse…" Sae she gaed on claverin awaa tae hersel, as she gomed the horse daanerin litherlie alang the gait, an the Knicht tummlin aff, first on the tae side an syne the tidder. Efter the fowert or fift tummle he wan til the benn in the gait, an syne she waff't her napkin tae him, an bade or he wes out o sicht.

"I howp it gied his spreits a lift," she said, as she turn't tae rin doun the brae: "an nou tae the lest little burnie, an syne tae be a Queen! Fitten rare it souns!" Jist twa-three staps an she wes stannin at the lip o the burn. "The Aacht Square at lang an lest!" she hoocht as she gaed lowpin ower't,

an flang hersel doun tae rist on a green as saft as fogg, wi little flouer-beds sparpl't ower it here an yont. "Och, but fitten gled I am at I've wan here! An fit's *iss* on my heid!" she exclaimed, fair pitten about, liftin her hanns up tae some rael hivvie thingie at fittit ticht aa roun her heid.

"But fitten rodd can it hae wan there an me on-kent?" she said tae hersel, liftin it aff an settin it on her lap tae jalouse fit it cwid possibly be.

It wes a gowden croun.

CHAPTER IX

Queen Ailice

"Weel, but iss *is* rare!" said Ailice. "I niver thocht I wid win sae swippertlie tae bein a Queen—an I'll tell ye fit, Your Maijesty," she heild on, some steive-like (she wes aye a bittie fain o giein hersel wee shirrickins), "it'll niver dee for ye tae be sloungin about on the girse like aat! Queens beed tae be heich-bendit, ye ken!"

Sae up she steed an gaed stilpin about: a bittie stechilie jist at first, for fear the croun mith come tummlin aff; but she confortit hersel wi the thocht at there wesna naebody there tae see her, "an gin I raelly am a Queen," she said as she sat doun again, "I'se win tae managin it fine weel or lang."

Aathin wes happenin sae unco-like at she wesna neen fleggit tae finn the Reid Queen an the Fite Queen sittin neist tae her, een on aider hann: she wad fair likit tae speir at thaim fitten rodd they hed cam there, but she misdoutit at aat wadna be verra gentie. Fousomiver, she didna think it wad dee ony skaith tae speir gin the gemm wes ower an bye. "Please, wad ye tell me—" she begoud, keekin blate-like at the Reid Queen.

"Spick fan a bodie spicks tae ye!" the Queen interruppit her cuttitlie.

"But gin aabody tuik tent o aat rule," said Ailice, fa wes aye reddie boun for a wee argie-bargie, "an gin ye spak-na but fan a bodie spak tae ye, an the idder bodie wes aye wytin or *you* gat stertit, ye see at naebody wad iver say onythin, an sae—"

"Buff an styte!" the Queen rowtit out. "Fegs, quinie, dae ye nae see—" an here she devaal't, wi a glower, an efter thinkin on't a mintie, suddentlie chyngit the subjec o the corrieneuchin. "Fit dae ye mean by 'gin ye raelly are a Queen'? Fit richt hae ye tae caa yoursel een? Ye canna be a Queen, ye ken, or ye hae pass't the proper examination. An the seener we get yokit til't the better!"

"I jist said 'gin'!" peer Ailice fleetch't in a dowie vyce.

The twa Queens lyeukit til idder, an the Reid Queen obsair't, wi a wee hotter, "She *says* she jist said 'gin'—"

"But she said muckle mair nor aat!" the Fite Queen girned, thraain her hanns. "Och, a hantle sicht mair nor aat!"

"Aye, an ye did, ye ken," the Reid Queen said tae Ailice. "Ye shid aye tell the treeth—think afore ye spick—an vreit it doun efterhins."

"I'm seer I didna mean—" Ailice begoud, but the Reid Queen interruppit her unco cuttit-like.

"Aat's jist fit I'm compleenin about! Ye *shid* hae meint! Fit dae ye think's the eese o a bairnie wuntin meanin? Een a baar shid hae some kinna meanin, an a bairnie's mair important nor a baar, I wad howp. Ye cwida conter aat, een gin ye shapit wi baith hanns."

"I dinna conter things wi my *hanns*," Ailice objeckit.

"Naebody said ye did," said the Reid Queen. "I said ye cwidna gin ye shapit til't."

"She's in siccan a teen," said the Fite Queen, "at she's fain tae conter *somethin*—but she jist disna ken fit tae conter!"

"An ill-trickit, ill-gien natuir," the Reid Queen obsair't; an syne there wes twa-three meinits o wanrestie dachle.

The Reid Queen brak the seilence wi sayin tae the Fite Queen "I bid ye tae Ailice's denner-pairty this efterneen."

The Fite Queen gied a peely-wallie wee smirkle an said "An I bid you!"

"I didna ken I wes tae hae a pairty avaa," said Ailice, "but gin we beed tae hae een, I think I shid be the een tae bid the guests."

"We gied ye the chunce tae dee't," the Reid Queen obsair't, "but I daar avou ye hinna hed mony lessons in mainners yet."

"Ye dinna lairn mainners in lessons," said Ailice. "Lessons lairn ye tae dee sums an the likes o aat."

"Can ye dee Addeition?" speirt the Fite Queen. "Fit's een an een an een an een an een an een an een an een an een?"

"I dinna ken," said Ailice. "I tint the count."

"She canna dee Addeition," the Reid Queen interruppit. "Can ye dee Subtraction? Tak nine fae aacht."

"Nine fae aacht I canna, ye ken," Ailice answer't richt swippertlie, "but—"

"She canna dee Subtraction," said the Fite Queen. "Can ye dee diveision? Divide a laif by a knife—fit's the answer tae *aat*?"

"I jalouse—" Ailice wes beginnin, but the Reid Queen answer't for her. "Breid an butter, in course. Hae a try at anidder subtraction sum. Tak a been fae a dug: fit's leift ower?"

Ailice consithert it. "The been wadna be leift, in course, gin I tyeuk it awaa—an the dug wadna be leift, it wad come tae bite me—an I'm seer *I* wadna bide tae be leift ower!"

"Sae ye think *naethin* wad be leift ower?" said the Reid Queen.

"Aye, I think aat's the answer."

"Vrang, as eeswal," said the Reid Queen. "The dug's heid wad be leift ower."

"But I dinna see fou—"

"Fegs, jist tak tent!" the Reid Queen gullert. "The dug wad loss the heid, wad it nae?"

"Aye, aiblins it wad," Ailice answer't cannie-like.

"Weel, gin the dug gaed awaa, its heid wad be leift ower!" the Queen exclaimed vauntilie.

Ailice said as sairiouslie as she cwid manage, "They mith ging different gaits." But she cwidna haad fae thinkin tae hersel "Fit a haep o buff an styte we're spickin!"

"She canna dee sums a *haet*!" the Queens said thegidder wi richt eendoun farrach.

"Can *you* dee sums?" Ailice said, turnin suddentlie tae the Fite Queen, for she wesna fain o gettin poukit at sae muckle.

The Queen gied a pech an steekit her een. "I can dee addeition," she said, "gin ye gie me time enyow—but I canna dee subtraction *nae* wyes!"

"In course ye ken your abbacee?" said the Reid Queen.

"Siccar I dee!" said Ailice.

"An me forbye," fuspert the Fite Queen: "We'll scrift it aff mony a time thegidder, my daatie. An I'll tell ye a saicret: I can read wirds o ae letter! Is *aat* nae rael fine? But dinna lat it danton ye: ye'll win til't or lang."

Nou the Reid Queen heild furth again. "Can ye answer eesefu quistions?" she speirt. "Fou dae ye mak breid?"

"I ken aat!" Ailice gullert richt gleg-like. "Ye tak a puckle flour—"

"Far dae ye pou the flouer?" the Fite Queen speirt. "In a gairden or amo the hedges?"

"Weel, ye dinna *pou* it ava," Ailice expleitit, "it hes tae be *grunn*—"

"Fou mony plougates o grunn?" said the Fite Queen. "Ye maana miss out sae mony things."

"Waff her heid!" the Reid Queen interruppit. "She'll be fivvert efter aa aat thinkin." An sae they yokit tae waffin her wi toushties o leafs, or she beed fleetch at thaim tae devaal, for the unco blousterin it wes giein her hair.

"She's fine again nou," said the Reid Queen. "Dae ye ken fremmit leids? Fit's French for 'heuchter-teuchter'?"

"Heuchter-teuchter's nae Scots," Ailice answer't doucelie.

"Fa iver said it wes?" said the Reid Queen.

Ailice thocht she cwid see a wye out o the diffeequalty iss time. "Gin ye can tell me fitna leid 'heuchter-teuchter' is, I'll tell ye fit's French for't!"

But the Reid Queen rax't hersel up fell steive-like, an said "Queens dinna iver niffer about onythin."

"I wuss Queens didna iver speir quistions about onythin!" Ailice thocht til hersel.

"Nou, we maana hae ony argie-bargiein," the Fite Queen said thochtie-like. "Fit's the cause o levin-flaucht?"

"The cause o levin-flaucht," Ailice said rael stainch-like, for she felt aa an haill siccar anent iss, "is the thunner—na, na!" she correckit hersel richt heistie. "I meint it the idder wye roun."

"It's ower late tae correc it," said the Reid Queen. "Fan eence ye hae said onythin, aat's it stellt, an ye maan bide on the affcome."

"Aye, an aat pits me in myn—" the Fite Queen said, lyeukin doun an chappin an on-chappin her hanns skeichenlie, "we hed siccan an aafa thunner-bleeter lest Teysday—I mean, een o our lest set o Teysdays, ken."

Ailice wes kittl't. "In *our* kintra," she obsairt, "there jist the ae day at a time."

The Reid Queen said, "Aat's a peer shilpit wye o deein things. Nou *here*, we maistlins hae days an nichts twa or three at a time, an files in the winter we tak as mony as five nichts thegidder, for wairmth, ye ken."

"Is five nichts wairmer nor ae nicht, aan?" Ailice wes baal tae speir.

"Five times as wairm, in course."

"But they shid be five times as *caal*, by the samen rule—"

"Aye, jist!" hoocht the Reid Queen. "Five times as wairm, *an* five times as caal—jist the same as I'm five times as rich as ye are, *an* five times as knackie!"

Ailice souch't an gied it ower. "It's jist like a guess wi nae repone!" she thocht.

"Humphy Dumphy saa't forbye," the Fite Queen heild on in a laich vyce, mair as gin she wes spickin tae hersel. "He cam tae the door wi a corkscrowe in his hann—"

"Fit wes he efter?" said the Reid Queen.

"He said he wes *gyaan* tae come in," the Fite Queen heild on, "acause he wes lyeukin for a hippopotamus. Nou, it jist happent at there wesna siccan a thing in the hous thon mornin."

"Is there maistlins?" speirt Ailice richt stamagastert-like.

"Weel, jist on Feirsdays," said the Queen.

"I ken fit wye he cam tae ye," said Ailice: "he wes ettlin tae gie the fish their paiks, for ye see—"

Here the Fite Queen yokit tee again: "It wes *siccan* a thunner-bleeter, ye canna think!" ("She *niver* cwid, ye ken," said the Reid Queen.) "An pairt o the reef cam aff, an siccan a haep o thunner gat in, an it gaed wammlin roun the chaamer in muckle wappin claats an cowpin the brods an aathin, or I wes aat fleggit I cwidna een myn my ain name!"

Ailice thocht til hersel "I wad niver *ettle* tae myn my name in the mids o an amshach! Fit wad be the eese o't?", but she didna say't out loud for fear the peer Queen wad be miscomfittit.

"Your Maijesty maan haad her exkeesit," the Reid Queen said tae Ailice, takin een o the Fite Queen's hanns in her ain an straikin it doucelie. "She's weel-willie, but she canna help sayin glaikit things maist o the time."

The Fite Queen gomed blate-like at Ailice, fa thocht she shid say some gentie thing, but raelly cwidna think on onythin aat mamen.

"She wes niver ower weel fessen up," the Reid Queen heild on, "but ye'd be rael stamagastert tae finn fit gweed-hertit she is! Gie her a wee clap on the heid an see fou it ull pleisuir her!" But iss wes mair nor Ailice hed the baalness tae dee.

"A wee bittie kynness—an wappin her hair in curl-papers—wad wark ferlies wi her—"

The Fite Queen gied a deep souch an ristit her heid on Ailice's shouther. "Hech, but I'm aat drousie!" she grained.

"She's forfochen, peer craiturie," said the Reid Queen. "Daik her hair, lenn her your houmit, an sing her a dillsome balou."

"I hinna gat a houmit wi me," said Ailice, ettlin tae folla the first biddin, "an I dinna ken ony dillsome balous."

"Weel aan, I maan dee't mysel," said the Reid Queen, an she yokit tee:

> *Ba-la-lou Queenie, my leddie, my dou,*
> *Daes wee Queenie ken at the denner's eenou?*
> *But dwaam for a filie on Ailice's knee,*
> *An syne tae the denner, hus braa Queens aa three!*

"An nou at ye ken the wirds," she eikit on, ristin her heid on Ailice's idder shouther, "jist sing it ower tae me. I'm gettin drousie forbye." Ae mintie mair an baith the Queens war sleepin like tops, an snocherin loud out.

"Fit am I tae dee nou?" Ailice exclaimed, gomin roun about in an unco creel, file first the tae roun heid an syne the tidder gaed trowein doun fae her shouthers, an liggit like a muckle hivvie kneevlick on her knee. "I dinna trou at it's iver happent or nou, onybody haein tae tak tent o twa Queens sleepin at eence! Na, nae in the haill history o Scotland—it cwidna, ye ken, for there wesna niver mair nor the ae Queen on life at the samen time. Can ye nae waaken up, ye hivvie limmers!" she heild on some cuttit-like; but nae answer cam binna a douce snocherin.

The snocherin gat clairer ilkie meinit, an sounit mair like a teen: at linth she cwid een mak out wirds, an she harkent tae'm aat aiverie-like at fan the twa muckle heids santit awaa on a suddenty fae her knee, she haarlie misst thaim.

She wes staanin forenenst an aircht entry, wi the wirds "QUEEN AILICE" screivit ower the tap o't in muckle letters, an on ilkie side o the airch there wes a bell-towe; the teen wes merkit "Veisitors' Bell" an the tidder "Servans' Bell".

"I'll bide or the sang's deen," thocht Ailice, an syne I'll jowe the—the—*fitna* bell shid I jowe?" she heild on, fair bambaizit wi the names. "I'm nae a veisitor, an I'm nae a servan. There *shid* be een merkit 'Queen', ye ken—"

Jist aan the door aipent a crack, an a craitur wi a lang neb pit its heid out for a gliff an said "Nae admeission or the ouk efter the neist!" an steekit the door again wi a blaff.

Ailice dunch't the door an jowed the bell in vain for a lang file, but at linth a rael tike-aal Puddock, fa wes sittin aneth a tree, raise up an cam hochlin heelie ower tae her; he wes graith't in bricht yalla, an hed ondeemous muckle beets on.

"Whit's the fasherie nou?" the Puddock said in a laich roupie fusper.

Ailice turn't roun, reddie tae cabble at onybody. "Far's the servan chairgit wi answerin the door?" she begoud in a fair ill teen.

"Whit door?" said the Puddock.

Ailice naarhan paatit her fit in a flist at the latchie drant o his vyce. "*Iss* door, in course!"

The Puddock gomed at the door a mintie wi 's muckle taibetless een, syne gaed naarer an scufft it wi 's thoum as tho ettlin tae see gin the pent wad come aff; an syne he gomed at Ailice.

"Answerin the door?" he said. "Whit's it been speirin?" He wes aat hairse at Ailice cwid haarlie mak him out.

"I dinna ken fit ye mean," she said.

"Am I no speakin plain Scots?" the Puddock heild on. "Or are ye corn beef? Whit did it speir at ye?"

"Naethin!" Ailice said fuffie-like. "I hae been dunchin it!"

"Shidnae dae that—shidnae dae that," the Puddock mumpit. "Ye'll mak it awfy carnaptious daein that, ken." Syne he hirpled up an gied the door a fung wi een o his muckle feet. "Jist you lea't alane," he pecht, hochlin back tae 's tree, "an it'll lea you alane, ken."

Jist at iss mamen the door aipen't wi a breenge, an out cam dirlin the soun o a skraichie vyce singin:—

> "*Tae the Keekin-Gless wardle 't wes Ailice at spak,*
> *Nou I'm Queen naider sceptre nor croun dae I lack!*
> *Sae Keekin-Gless craiturs, fite'er ye mith be,*
> *Come dine wi the Reid Queen, the Fite Queen an me!*"

An hunners o vyces jyned in the chorus:—

> "*Come fill up the tassies as swythe as ye can,*
> *An sparple the brodclaith wi bossies an bran,*
> *Pit cats in the coffee an mice in the tea,*
> *An walcome Queen Ailice wi therty times three!*"

Syne there cam a jurmumml't reel-ma-rall o cheerin, an Ailice thocht tae hersel "Therty times three maks ninety. I winner is onybody countin?" In a mintie aa wes quaet again, an the samen skraichie vyce sang anidder verse:—

"'Ye Keekin-Gless craiturs,' quo Ailice, 'come ben!
Gryte honour I'm dee'n ye, as weel ye maan ken!
Ye're preivileged fair takin denner an tea
At the brod wi the Reid Queen, the Fite Queen an me!'"

Syne cam the chorus again:—

"Come fill up the tassies wi traikle an ink,
An aa ye can finn at's mou-fraachty tae drink,
Mell sann wi the cider an wou wi the wine,
An walcome Queen Ailice wi ninety times nine!"

"Ninety times nine!" Ailice repaitit in wanhowp. "Och, there nae wirkin aat out! I'll better ging in stracht awaa—" an in she gaed, an aathin fell deidlie quaet the mamen she kytht.

Ailice tuik a thochtie scunce alang the brod, as she gaed tycin the linth o the muckle haa, an obsair't at there wes about feyfty guests o aakin kyn: some war baests, some birds, an there war een a curnie flouers amo thaim forbye. "I'm gled they've come on-wutten tae be speirt at," she thocht: "I wad niver hae kent fa war the richt fowk tae bid!"

There war three cheirs at the heid o the brod; the Reid an Fite Queens hed aareddies teen twa o thaim, but the een in the mids wes teem. Ailice sat doun intil't, unco miscomfittit at the seilence, an mangin for somebody tae spick.

At linth the Reid Queen begoud: "Ye hae misst the bree an the fish," she said. "Pit on the roast!" An the sairers set a gigot forenenst Ailice, fa gomed it a wheen thochtie-like, sen she hed niver haen tae kerve a gigot or aan.

"Ye're lyeukin unco blate: here an I'se present ye tae aat gigot," said the Reid Queen. "Ailice—Gigot: Gigot—Ailice." The gigot steed up in the ashet an made a wee beck tae Ailice; an Ailice beckit back til't, nae kennin fidder tae feel fleggit or divertit.

"Mith I gie ye a fang?" she said, pickin up the kervin-knife an fork, an glentin fae the tae Queen tae the tidder.

"Siccar ye'll nae!" the Reid Queen said richt snaar-like. "Its aafa menners tae snib onybody at's presentit tae ye. Awaa wi the gigot!" An the sairers cairriet it awaa, an brocht a muckle cloutie-dumplin in its steid.

"Ye'se nae present me tae the dumplin, gin ye please," Ailice said some heistilie, "or we'll get nae denner ava. Mith I gie ye a bittikie?"

But the Reid Queen lyeukit dortie, an gurl't "Dumplin—Ailice; Ailice—Dumplin. Awaa wi the dumplin!" an the servans wheecht it awaa aat swippertlie at Ailice cwidna return the beck it made.

Fousomiver, she didna see fit wye the Reid Queen shid be the ainlie een tae gie biddins, an sae, for a prattick, she gullert out "Sairer! Bring the dumplin back!" An there it wes again in jist a gliff, like a cantrip. It wes aat muckle at she cwidna haad fae feelin jist a *bittikie* blate wi't, as she hed been wi the gigot; fousomiver, she dung doun her blateness wi a muckle fashious warsle, cut a fang an passt it tae the Reid Queen

"Fit impidence!" said the Dumplin. "I winner fou ye'd like it gin I wes tae cut a fang out o *you*, ablach at ye are!"

It spak in a bulfie, creeshie kinna vyce, an Ailice hedna a wird tae say for a repone: she cwidna dee ocht but sit an gome at it, an stech.

"Mak some obsair," said the Reid Queen: "it's rideiclous tae lea aa the clavers tae the dumplin!"

"Ye ken, I hae hard siccan a haep o poetry scriftit aff tae me the day," Ailice begoud, a bittie fleggit tae finn at the mamen she aipent her mou there wes a deid quaet an aabody's een war festened on her, "an it's an unco keerious thing, I think: ilkie poem wes about fishes, somegaits. Div ye ken fit wye fowk's sae browdened on fishes hereawaa?"

She spak tae the Reid Queen, an the repone she gat misst the mottie a wheen. "Gin ye spick about fishes," she said, rael slaa an sairious-like, pittin her mou close in tae Ailice's lug, "her Fite Maijesty kens a loesome kincher—aa in poetry—aa about fishes. Wull she scrift it aff tae ye?"

"Her Reid Maijesty's aafa kyn tae mint o't," the Fite Queen rounit intae Ailice's idder lug, in a vyce like the croudlin o a dou. "It wad be siccan a trait! Wull I?"

"Aye, gin ye please," Ailice said richt gentie-like.

The Fite Queen gied a blythesome wee smirkle, an straikit Ailice's chouk. Syne she yokit tee:

> "'First, the fish maan be claucht.'
> Aat's richt aisy; a bairnie, I'm seer, cwid hae claucht it.
>   'Neist, the fish maan be bocht.'
> Aat's richt aisy; a bodle, I'm seer, cwid hae bocht it.
>
> 'Nou kyeuk me the fish!'
> Aat's richt aisy, we'se hae it aa kyeuk't in a meinint.
>   'Lat it ligg in a dish!'
> Aat's richt aisy, ye see fae the affset it's been in't.
>
> 'Bring it ower or I sup!'
> Aisy deen, set it doun wi the lave o the scran, na?
>   'Tak the dish-kiver up!'
> Aisy deen—na, it's nae! It's a kinch, an I canna!
>
> For it's haaden like lime:
> Tae the dish haads the lid jist as ticht as it can grip:
>   Filk wad tak ye less time:
> On-dish-kiver the fish or dish-kiver the cantrip?"

"Tak a meinint tae think about it, an syne jalouse," said the Reid Queen. "Atween hanns we'll drink slàinte mhath tae ye— Hale tae Queen Ailice!" she scronacht at the tap o her vyce, an in a gliff aa the guests yokit tae drinkin, an the wye they managed wes fell unco-like forbye: some pit their glesses on their heids like cannle-snuffers an drank fit cam trintlin doun their faces; idders cowpit the cruets an drank the wine as it gaed rinnin ower the edges o the brod, an three o'm (at lyeukit like kangaroos) spraachl't intae the ashet o rossen mutton an yokit tae lerbin up the bree, "jist like grumphies in a troch!" Ailice thocht.

"It wad beseem ye tae gie your thank in a bonnie screid," the Reid Queen said, glowerin at Ailice as she spak.

"We maan uphaad ye, ye ken," the Fite Queen fuspert, as Ailice steed up tae dee't, richt bousome-like but a wee thing feart.

"Muckle thank tae ye," she fuspert back, "but I can dee fine weel wuntin."

"Aat wadna dee at aa," the Reid Queen said rael forcie-like, an sae Ailice shapit tae ring in til't wi gweed grace.

("An fitten a dunchin they gied me!" she said efterhins, fan she wes tellin her sister the story o the denner. "Ye'd hae thocht they war ettlin tae gnidge me flat!")

Truelins she hed a fair straachle tae haad her place file she gied her speil, wi the twa Queens dunchin her aat steivelie, een on ilkie hann, at they naarhan hystit her up intae the air. "I rise tae return thanks," Ailice begoud; an she raelly *did* rise as she wes spickin by a wheen inches; but she claucht a haad o the edge o the brod an managed tae pou hersel doun again.

"Tak tent tae yoursel!" scraicht the Fite Queen, cleikin Ailice's hair wi baith hanns. "Somethin's gyaan tae happen!"

An syne (as Ailice descryvit it efterhins) a fair mingie o things aa happent in a gliff. The cannles aa grew up tae the reef, an lyeukit fell like a bed o rashes wi fireworks at the tap. The bottles tee, ilkeen cleikit up twa plates an swippertlie steekit thaim on for wings, an sae, wi forks for shanks, they gaed flafferin about tae aa the airts, "an aye, but they lyeuk fell like birds," Ailice thocht tae hersel, as weel as she cwid amo the frichtsome heeligoleerie at wes stertin.

Jist at iss mamen she hard a roupie keckle aside her, an turn't roun tae see fit wes adee wi the Fite Queen; but insteid o the Queen there wes the gigot sittin in the cheir. "Here I am!" cam a rowtin vyce fae the bree-pat, an Ailice turn't roun again jist in time tae see the Queen's sonsie kynlie face smirklin at her ower the rim o the pat, or she santit awaa intil the bree.

There wesna a mamen tae tyne. Aareddies a curnie o the guests war liggin doun in the ashets, an the dividin-speen wes stilpin athort the brod tae Ailice's cheir, an waggin at her cuttit-like tae staan out o 'ts wye.

"I canna thole iss ony mair!" she scraicht, an she lowpit tae her feet an cleikit the brod-claith wi baith hanns; ae gweed rug an plates, ashets, guests an cannles cam doun wi a reemish in a bourach on the fleer.

"An nou, for *you*," she heild on, turnin ramsh-like tae the Reid Queen, fa she jaloused wes the causer o the haill gilravitch—but the Queen wesna aside her ony mair, she hed crynit doun on a suddenty tae the size o a little-wee dallie, an wes nou on the brod rinnin mirkilie roun an roun efter her ain fyaakie at wes trailipin ahint her.

At ony idder time, Ailice wad hae been conflummixt at iss; but she wes in faar ower muckle o a tirrivee tae be conflummixt at onythin *nou*. "An nou, for *you*", she repaitit, cleikin a haad o the little craiturie jist as she wes lowpin ower a bottle at hed jist sattl't on the brod, "I'll shak ye intil a kittlin, sae I wull!"

CHAPTER X

Shakin

She heistit her aff the brod as she spak, an shoggit her back an furrit wi aa her farrach.

The Reid Queen niver mintit tae mak ony fenn avaa, but her face gat unco peerie-wee, an her een gat muckle an green, an stull, as Ailice heild on wi shakin her, gat aye mair an mair stumpie—an bulfie—an squeeshie—an oosie—an—

CHAPTER XI

Waakin

———It raelly *wes* a kittlin, efter aa.

CHAPTER XII

Filkeen Draemt It?

"Your Reid Maijesty shidna thrum sae loud out," Ailice said, rubbin her een an spickin tae the kittlin, mensefulie but a wee thing snaar-like forbye. "Ye waakent me out o—och, siccan a bonnie draem! An ye've been there wi me, Cheetie, aa throwe the Keekin-Gless wardle. Did ye ken aat, my daatie?"

It's an aafa hinnersome ploy at kittlins hae (as Ailice hed obsairt eence) at fitiver ye say tae thaim, they aye jist thrum. "Gin they wad jist thrum for 'aye' an miaave for 'na', or ony rule o thon kyn," she hed said, "sae's we cwid haad a corrieneuchin gyaan! But fou can ye claver wi a bodie gin they aye say jist the samen thing?"

At iss mamen the kittlin niver did ocht but thrum, an sae there wes nae jalousin fidder it meint "aye" or "na".

Sae, Ailice reenged amo the chessmen on the brod or she funn the Reid Queen, an syne she loutit doun on her knees on the hairth-rug, an pat the kittlin an the Queen tae gome at idder. "Nou, Cheetie!" she gullert, clapperin her hanns vauntie-like. "Aan til't, Cheetie: aat wes fit ye turn't intae!"

("But she wadna een blenk at it" she said, fan she wes expleitin it aa tae her sister efterhins: "she turn't her heidie awaa, an lat on at she hedna seen it; but she kytht tae be jist a wee thingikie shamed o hersel, sae I jalouse at she *beed* tae hae been the Reid Queen.")

"Sit up a bittie mair steivelie, my daatie!" Ailice gullert wi a mirkie wee bicker. "An mak a beck fan ye're thinkin fit tae— fit tae thrum. It sairs time, myn!" An she claucht the kittlin up an gied it a wee kissie "jist in honour o her bein a Reid Queen!"

"Snaadrap, my poutie!" she heild on, keekin ower her shouther at the fite kittlin, fa wes still tholin its reddin-up, "fan will Tibbie be deen wi your Fite Maijesty, I winner? Aat

maan be the raison ye war sae hudderie in my draem. Tibbie!
Dae ye ken at ye're screengin a Fite Queen? Raelly, it's unco
misbehadden o ye!

"An fit did *Tibbie* turn intil, I winner?" she blethert awaa,
sattlin doun cosh-like wi the ae elbuck on the rug an her chin
in her hannie, tae watch the kittlins. "Tell me, Tibbie, did ye
turn intae Humphy Dumphy? I *think* ye did—fousomiver, ye
beed nae tae mint o't tae your freins jist yet, for I'm nae seer.

"By the bye, Cheetie, gin ye hed raelly been wi me in my
draem, there wes ae thing ye'd hae been richt fain o: I hed
siccan a bourach o poetry scriftit ower tae me, aa about fishes!
The morn's mornin ye'se get a rael cheerie-pike. Aa the time
ye're aetin your brakwast, I'll scrift '*The Horsefaal an the
Caibinet-vricht*' tae ye, an syne ye'll can lat on it's eysters, my
dou!"

"Nou, Cheetie, come an we'se consither fa it wes at draemt
it aa. Nou, iss is a sairious maitter, my daatie, an ye *shidna*
haad on wi slaikin your leefie like aat, as gin Tibbie hedna gien
ye a washin iss mornin! Ye see, Cheetie, it *maan* hae been
aider me or the Reid Keing. He wes pairt o my draem, in
course—but aan, I wes pairt o his draem forbye! *Wes* it the
Reid Keing, Cheetie? Ye war his gweedwife, my dou, sae ye
shid ken—Och Cheetie, can ye nae gie's a hann tae settle it?
I'm seer your leefie can bide a mintie!" But the taiversome
kittlin jist yokit tae slaikin its idder leefie, an lat on it hedna
hard the quistion.

Filkeen dae *you* think it wes?

Aneth the doungang's leamin licht,
Like dwaamin drifts a boatie bricht
In a simmer's lown forenicht—

Courie't close sits littleens three,
Eident lug an willin ee,
Plaised wi ae wee speil fae me.

Langsyne dwyne't thon leamin licht,
Echoes eely in the nicht,
Attery hairsts fell simmers bricht.

Still, like wraith, she hants my thocht:
Ailice throwe a lift aflocht
Neen wi waaken sicht hes claucht.

Courie't close again ye'll see,
Eident lug an willin ee,
Loesome littleens listin me.

In a Ferlielann they bide,
Draemin as the lang days glide,
Draemin bye the simmers' tide:

Eence an ayewyes cowdlin bye,
Laggin neth the gowden sky—
Life's a draem, an nocht forbye.

The Wasp in a Jizzie

A "Suppressit" Episode o
*Throwe the Keekin-Gless
an Fit Ailice Funn There*

Fan Carroll vrate *Throwe the Keekin-Gless*, John Tenniel, the limner, wesna fain o een o the episodes; an for iss raison Carroll pass't it ower. Iss episode is nou caa't "The Wasp in the Jizzie"—it isna a chaipter, tho Tenniel spak o't as een. The episode wes tint or the year 1974. A curnie fowk hes ettl't tae expleit Tenniel's raisons for nae accepin the screid. Fousomiver, on 1 Juin 1870, Tenniel vrate tae Carroll as follas:

> My dear Dodgson.
>
> I think that when the *jump* occurs in the railway scene you might very well make Alice lay hold of the Goat's *beard* as being the object nearest to her hand—instead of the old lady's hair. The jerk would actually throw them together.
>
> Don't think me brutal, but I am bound to say that the *'wasp'* chapter does not interest me in the least, & I can't see my way to a picture. If you want to shorten the book, I can't help thinking—with all submission—that *there* is your opportunity.
>
> In an agony of haste,
>
>   Yours sincerely
>
>   J. Tenniel.
>
>   (source: *The Annotated Alice*, page 283)

A neffy o Carroll's, Stuart Dodgson Collingwood, telt fou Tenniel vrate "A *wasp* in a *wig* is altogether beyond the appliances of art." An sae there mony fowk trous at the episode wes pass't ower acause Tenniel hedna wull o draain a wasp weirin a jizz. It is possible forbye at Tenniel hedna the time tae spare, acause he beed tae hae some draain reddie for the magazine *Punch* afore a determinit date. Martin Gardner haads at aiblins Teniel, fa hed tint the sicht o an ee in a swurd-play amshach fan he wes twinty year aal, wadna gree til't acause o the Wasp's finnin faat wi Ailice's een. (Ken Leeder drew the pictur prentit on page 152 ablow. Iss wes tae see for the first time in the edeition o *The Wasp in the Jizzie* at wes setten furth by MacMillan in Lunnon in 1977.)

Iss screid shid hae been prentit jist efter Ailice's twynin fae the Fite Knicht. Here the steid far Carroll ettl't tae hae't kythe:

"I howp it gied his spreits a lift," she said, as she turn't tae rin doun the brae: "an nou tae the lest little burnie, an syne tae be a Queen! Fitten rare it souns!" Jist twa-three staps an she wes stannin at the lip o the burn. "The Aacht Square at lang an lest!" she hoocht as she gaed lowpin ower't,

<pre>
     *   *   *   *
         *   *   *
     *   *   *   *
</pre>

an flang hersel doun tae rist on a green as saft as fogg, wi little flouer-beds sparpl't ower it here an yont. "Och, but fitten gled I am at I've wan here! An fit's iss on my heid!" she exclaimed, fair pitten about, liftin her hanns up tae some rael hivvie thingie at fittit ticht aa roun her heid.

"But fitten rodd can it hae wan there an me on-kent?" she said tae hersel, liftin it aff an settin it on her lap tae jalouse fit it cwid possibly be.

It wes a gowden croun.

117

The Wasp in a Jizzie

. . . *A*n she wes jist awaa tae lowp ower, fan she hard a deep souch, at kytht tae come fae the wuidin ahint her.

"There a bodie at's *unco* dowie thonder," she thocht, gomin backlins thochtie-like tae see fit wes adee. Somethin like an aal, aal mannie (war't nae at his facie wes mair like a wasp) wes sittin on the grunn, leanin in tae a tree, aa huggert up thegidder an chitterin as gin he war stervin wi caal.

"I dinna *think* I can be muckle eese tae'm," wes Ailice's first thocht as she turn't roun tae lowp ower the burnie,—"but I'll jist speir at him fit's adee," she eikit on, haadin back richt on the lip. "Eence I've lowpit ower, aathin 'll chynge, an syne I'll nae can help him ony."

An sae she gaed back tae the Wasp—nae verra willin, for she wes *unco* aiverie tae be a Queen.

"Ach, my auld banes, my auld banes!" he wes girnin as Ailice cam up tae him.

"It'll be the rheumateise, I jalouse," Ailice said tae hersel, an she bou'd doun ower him an said rael gentie-like, "I howp ye're nae in muckle pyne?"

The Wasp jist shoggit his shouthers an turn't his heid awaa. "Ach, weary faa's!" he said tae himsel.

"Can I dee ocht tae aise ye?" Ailice heild on. "Are ye nae some caal here?"

"Ach, ye're an awfy natter!" said the Wasp in a peengin kinna vyce. "Gie's peace, can ye no? She's jist no real, this wee nyaff!"

Ailice felt a bittie fasht wi iss repone, an wes the weers o takin the gait an quattin him, but she thocht tae hersel "It's aiblins jist the pyne at's makin him sae crabbit." An sae she made ae mair ettle.

"Wull ye nae lat me help ye roun tae the tidder side? Ye'll be out o the caal wunn there."

The Wasp cleikit her airm an lat her help him roun the tree, but fin he gat sattl't doun again he jist said, like the time afore, "Ach, gie's peace! Can ye no jist hing aff?"

"Wad ye like me tae read ye a bittie o iss?" Ailice heild on, pickin up a newspaper at hed been liggin at his feet.

"Ye can read it gin ye please," the Wasp said dortie-like. "There naebody hinnerin ye that *I* ken about."

An sae Ailice sat doun aside him, spreid out the paper on her knees, an yokit tee. "*Latest News. The Explorin Pairty hes made anidder expedeition in the aumrie, an funn five nyow knytes o fite succar, rael muckle an in braa condeition. On the wye back—*"

"Ony broun succar?" the Wasp interruppit.

Ailice keest her ee swippertlie doun the paper an said "Na, it disna say onythin ava about broun."

"Nae broun succar!" grumph't the Wasp. "A fine explorin pairty that wes!"

"*On the wye back,*" Ailice heild on readin, "*they funn a loch o traikle. The lips o the loch war blae an fite an lyeukit like cheenie. Fan they tastit the traikle, they hed an unco dowie mishanter: twa o the pairty war owerfaalmit—*"

"War *whit?*" speirt the Wasp in a richt carnaptious vyce.

"Ow-er-faal-mit," Ailice repaitit, brakin the wird up intae syllables.

"There nae sich wird in the leid!" said the Wasp.

"It's in iss newspaper, tho," Ailice said a bittie blate-like.

"Weel it can bide there!" said the Wasp, wi a girnie-fac't thraa o the heid.

Ailice pit doun the paper. "I dout ye're nae weel," she said dillie-like. "Can I nae dee onythin tae aise ye?"

"It's the jizzie, that's whit's daein it," the Wasp said in a muckle mair gentie vyce.

"The jizzie's the caase o't?" Ailice repaitit, fell knichtit tae see at he wes gettin in a better teen.

"Ye'd be girnin yoursel gin ye hed a jizzie like mine," the Wasp heild on. "Fowk jist gecks at ye, an taisles ye. An syne I loss the rag. An I get cauld. An I get in ablow a tree. An I get a yella snotter-dichter. An I tie up my coupon, like I've gat it the nou."

Ailice gomed at him wi peitie. "Happin your face up is unco gweed for sair teeth," she said.

"Aye, an it's unco guid for consait," the Wasp eikit on.

Ailice didna kep the wird azacly. "Is aat a kyn o teethick?" she speirt.

The Wasp consithert a filie. "Weel, na," he said. "It's when ye haad up your heid—this wey—wiout bennin your neck."

"Och, ye mean a thraavin haase," said Ailice.

The Wasp said "That's a new yin on me, for a name. Fowk caa'd it consait in my time."

"Consait's nae an onweelness avaa," Ailice obsairt.

"Aye but it is sae," said the Wasp. "Bide tull ye get it yoursel an then ye'll ken. An when ye get it jist try happin a yella snotter-dichter roun your coupon. That ull mak ye better in nae time!"

He lowsit the hanky as he wes spickin, an Ailice gomed at his jizzie, fell stamagastert. It wes bricht yalla like the napkin, an aa fankl't an tousl't about like a doss o waar. "Ye cwid mak your jizzie an aafa dael tosher," she said, "gin ye jist hed a kaim."

"Whit—ye're a Bee, are ye?" the Wasp said, gomin at her mair tentie-like. "An ye've gat a kaim? Muckle hinnie?"

"It's nae aat kinna kaim," Ailice expleitit swippertlie. "It's for kaimin your hair—your jizzie's gaat roch an tousie, ye ken."

"I'll tell ye hou I cam tae weir it," said the Wasp. "When I wes ying, ye ken, my lockers uisst tae waff—"

A keerious norie cam intae Ailice's heid. Naarhann aabody she hed met wi hed recitit poetry til her, an she thocht she wad see gin the Wasp cwid dee't forbye. "Wad ye say't in rhyme, gin ye please?" she speirt richt gentie-like.

"It's no somethin I'm uisst tae," said the Wasp, "but I'll hae a bash; hing on a meinit." He wes quaet for twa-three mamens, an syne yokit tee again:—

"When I wes ying my lockers waff't
    An pirl't an wimpl't on my heid.
'Ye shid get shaved,' some eedjits gaff't,
    'An weir a yella jizz insteid.'

But losh, when their advice I tyeuk
    An its result they cam tae see,
The bawheids said it didna leuk
    As bonnie as they thocht 't wid be.

It didna fit, they said, an sae
    I leuk't like Teenie fae the Trin,
But whit the deil wes I tae dae?
    My lockers widnae growe again!

An nou I've tint my tap o tow,
    An eild an spavies pyne me sair,
They sneck the jizzie aff my pow
    An say 'Whit trashtrie's this ye wear?'

An aye they geck an jamph an hou,
    An fairlie pit me in a tizzie;
An aa their impidence, my dou,
    'S because I weir a yella jizzie!"

"I'm unco wae for ye," Ailice said hertsome-like, "an I think gin your jizzie fittit ye a haet better, they wadna fash ye sae muckle."

"*Your* jizzie fits ye jist fine," the Wasp rounit, gomin at her wi a respecfu lyeuk. "It's the shap o your heid that dis it. Your chafts are awfy ull-shapit, tho: I dinnae see hou ye cuid bite richt wi thaim?"

Ailice begoud wi a wee bicker o a laach, an turn't it intae a croichle as weel as she cwid. At linth she managed tae say, richt sairious-like, "I can bite onythin I hae a myn til."

"No wi that scootery-wee mou, ye cuidnae," the Wasp heild furth. "Gin ye were fechtin, nou—cuid ye grup the ither cheil by the back o the craig?"

"Na, I dout it," said Ailice.

"Weel, that's because your chafts are ower short," the Wasp gaed on; "but the tap o your heid's nice an roun." He tuik aff his ain jizzie as he spak, an streikit ae cleik ower tae Ailice as gin he ettl't tae dee the samen thing for her; but she bade out o 's rax an wadna tak the moutin. An sae he heild on wi his faat-finnin.

"An your een neist: they're ower faur tae the front, nae argiein. Ye'd hae been as weel wi jist yin as wi the twa, gin ye hed tae hae thaim sae close thegither—"

Ailice wesna fain o haein sae mony personal remarks made about her, an sen the Wasp wes richt chirkit up nou an gettin unco gabbie, she thocht it wad be siccar tae quat him. "I beed tae be takin my gait nou," she said. "Fareweel tae ye."

"Cheerio then, an thanks," said the Wasp; an Ailice gaed linkin doun the brae again, rael gled at she hed wan back an gien twa-three minties tae makin the peer aal craiturie some codgie.

Also available from Evertype

𐐜 𐐐𐐲𐑌𐐻𐐮𐑍 𐐲𐑂 𐐜 𐑅𐑌𐐪𐑉𐐿 (Dh Hunting uv dh Snark),
The Hunting of the Snark printed in the Deseret Alphabet, 2016

𐐛𐑉𐐭 𐐜 𐐢𐐳𐐿𐐮𐑍-𐐘𐑊𐐰𐑅 𐐰𐑌𐐼 𐐐𐐶𐐲𐐻 𐐈𐑊𐐮𐑅 𐐙𐐫𐑌𐐼 𐐜𐐯𐑉
(Thru dh Lüking-Glas and Hwut Alis Fawnd Dher),
Looking-Glass printed in the Deseret Alphabet, 2016

Alice's Adventures in Wonderland,
Alice printed in Dyslexic-Friendly fonts, 2015

Through the Looking-Glass and What Alice Found There,
Looking-Glass printed in Dyslexic-Friendly fonts, 2020

Alice's Adventures in Wonderland,
Alice printed in a font that simulates Dyslexia, 2015

[illegible] (Ælisez Ædventʃuɹz ɪn Wʌnduɹlænd), *Alice* printed in the Ewellic Alphabet, 2013

'Ælɪsɪz Əd'ventʃəz ɪn 'Wʌndə,lænd,
Alice printed in the International Phonetic Alphabet, 2014

Alis'z Advnĕrz in Wundland, *Alice* printed in the Ñspel orthography, 2015

[illegible],
Alice printed in the Nyctographic Square Alphabet, 2011

Alice's Adventures in Wonderland,
Alice printed in Pitman New Era Shorthand, forthcoming

Alice's Adventures in Wonderland, *Alice* printed in QR Codes, 2018

·𐑨𐑤𐑦𐑕'𐑩𐑟 𐑩𐑛𐑝𐑧𐑯𐑗𐑼𐑟 𐑦𐑯 ·𐑢𐑳𐑯𐑛𐑼𐑤𐑨𐑯𐑛 (Alɪs'əz ədventjuːrz ɪn Wʌndərlænd),
Alice printed in the Shaw Alphabet, 2013

ALISIZ ADVENCƏRZ IN WUNDƏLAND,
Alice printed in the Unifon Alphabet, 2014

[illegible] (Aliz kalandjai Csodaországban),
The Hungarian *Alice* printed in Old Hungarian script, tr. Anikó Szilágyi, 2016

Scholarship

Reflecting on Alice: A Textual Commentary
on *Through the Looking-Glass*, by Selwyn Goodacre, forthcoming

Әлисәнең Сәйерстандағы мажаралары (Älisäneñ Säyerstandağı majaraları), *Alice* in Bashkir, tr. Güzäl Sitdykôva, 2017

Алесіны прыгоды ў Цудазем'і (Alesiny pryhody u Tsudazem'i), *Alice* in Belarusian, tr. Max Ščur, 2016

На тым баку Люстра і што там напаткала Алесю (Na tym baku Liustra i shto tam napatkala Alesiu), *Looking-Glass* in Belarusian, tr. Max Ščur, 2016

Снаркаловы (Snarkalovy), *The Hunting of the Snark* in Belarusian, tr. Max Ščur, forthcoming

Troioù-kaer Alis e Vro ar Marzhoù, *Alice* in Breton, tr. Herve Kerrain, forthcoming

Crystal's Adventures in A Cockney Wonderland, *Alice* in Cockney Rhyming Slang, tr. Charlie Lovett, 2015

Aventurs Alys in Pow an Anethow, *Alice* in Cornish, tr. Nicholas Williams, 2015

Alice's Ventures in Wunderland, *Alice* in Cornu-English, tr. Alan M. Kent, 2015

Maries Hændelser i Vidunderlandet, *Alice* in Danish, tr. D.G., forthcoming

آلیس در سرزمین عجایب (Âlis dar Sarzamin-e Ajâyeb), *Alice* in Dari, tr. Rahman Arman, 2015

Äventyrä Alice i Underlandä, *Alice* in Elfdalian, tr. Inga-Britt Petersson, forthcoming

La Aventuroj de Alicio en Mirlando, *Alice* in Esperanto, tr. E. L. Kearney (1910), 2009

La Aventuroj de Alico en Mirlando, *Alice* in Esperanto, tr. Donald Broadribb, 2012

Trans la Spegulo kaj kion Alico trovis tie, *Looking-Glass* in Esperanto, tr. Donald Broadribb, 2012

Les Aventures d'Alice au pays des merveilles, *Alice* in French, tr. Henri Bué, 2015

Les Aventures d'Alice au pays des merveilles,
Alice in French, tr. Henri Bué, illus. Mathew Staunton, 2015

ელისის თავგადასავალი საოცრებათა ქვეყანაში (Elisis t'avgadasavali
saoc'rebat a k'veqanaši), *Alice* in Georgian, tr. Giorgi Gokieli, 2016

Alice's Abenteuer im Wunderland,
Alice in German, tr. Antonie Zimmermann, 2010

Die Lissel ehr Erlebnisse im Wunnerland,
Alice in Palantine German, tr. Franz Schlosser, 2013

Der Alice ihre Obmteier im Wunderlaund,
Alice in Viennese German, tr. Hans Werner Sokop, 2012

Balþos Gadedeis Aþalhaidais in Sildaleikalanda,
Alice in Gothic, tr. David Alexander Carlton, 2015

Nā Hana Kupanaha a ʻĀleka ma ka ʻĀina Kamahaʻo,
Alice in Hawaiian, tr. R. Keao NeSmith, 2017

Ma Loko o ke Aniani Kū a me ka Mea i Loaʻa iā ʻĀleka
ma Laila, *Looking-Glass* in Hawaiian, tr. R. Keao NeSmith, 2017

Aliz kalandjai Csodaországban,
Alice in Hungarian, tr. Anikó Szilágyi, 2013

Ævintýri Lísu í Undralandi, *Alice* in Icelandic, tr. Þórarinn Eldjárn, 2013

L'Aventuri di Alicia en Marvelia, *Alice* in Ido, tr. Gonçalo Neves, 2020

Le Aventuras de Alice in le Pais del Meravilias,
Alice in Interlingua, tr. Rodrigo Guerra, 2020

Eachtra Eibhlíse i dTír na nIontas,
Alice in Irish, tr. Pádraig Ó Cadhla (1922), 2015

Eachtraí Eilíse i dTír na nIontas, *Alice* in Irish, tr. Nicholas Williams, 2007

Lastall den Scáthán agus a bhFuair Eilís Ann Roimpi,
Looking-Glass in Irish, tr. Nicholas Williams, 2009

Le Avventure di Alice nel Paese delle Meraviglie,
Alice in Italian, tr. Teodorico Pietrocòla Rossetti, 2010

Alis Advencha ina Wandalan,
Alice in Jamaican Creole, tr. Tamirand Nnena De Lisser, 2016

Mbalango wa Alice eTikweni ra Swihlamariso,
Alice in Shangani, tr. Peniah Mabaso & Steyn Khesani Madlome, 2015

Ahlice's Aveenturs in Wunderlaant,
Alice in Border Scots, tr. Cameron Halfpenny, 2015

Alice's Mishanters in e Land o Farlies,
Alice in Caithness Scots, tr. Catherine Byrne, 2014

Alice's Adventirs in Wunnerlaun,
Alice in Glaswegian Scots, tr. Thomas Clark, 2014

Ailice's Anters in Ferlielann,
Alice in North-East Scots (Doric), tr. Derrick McClure, 2012

Throwe the Keekin-Gless an Fit Ailice's Funn There,
Looking-Glass in North-East Scots (Doric), tr. Derrick McClure, 2021

Alice's Adventirs in Wonderlaand,
Alice in Shetland Scots, tr. Laureen Johnson, 2012

Ailice's Aventurs in Wunnerland,
Alice in Southeast Central Scots, tr. Sandy Fleemin, 2011

Ailis's Anterins i the Laun o Ferlies,
Alice in Synthetic Scots, tr. Andrew McCallum, 2013

Alice's Carrànts in Wunnerlan,
Alice in Ulster Scots, tr. Anne Morrison-Smyth, 2013

Alison's Jants in Ferlieland,
Alice in West-Central Scots, tr. James Andrew Begg, 2014

Alice muNyika yeMashiripiti,
Alice in Shona, tr. Shumirai Nyota & Tsitsi Nyoni, 2015

Алисаның қайғаллығ Черинде полған чоруқтары (Alisaniñ qayğalliğ
Çerinde polğan çoruqtarı), *Alice* in Shor, tr. Liubov′ Arbaçakova, 2017

Alis bu Cëlmo dac Cojube w dat Tantelat,
Alice in Ṣurayt, tr. Jan Beṭ-Ṣawoce, 2015

Alisi Ndani ya Nchi ya Ajabu, *Alice* in Swahili, tr. Ida Hadjuvayanis, 2015

Alices Äventyr i Sagolandet, *Alice* in Swedish, tr. Emily Nonnen, 2010